美林说 建华受我的热情、激情、豁达、幽默、慷慨……

一起到永久

179份爱

建萍说　好的婚姻是彼此成就。
美林和我的婚姻成就的
何止是彼此。

门口朵小花

美林说　建萍享受我的热情、激情、豁达、幽默、慷慨……

179朵小花

美林说　建萍享受我的热情、激情、豁达、幽默、慷慨……

一起到永久

韩美林

2001年,当我做完心脏动脉搭桥手术,遭遇大出血,从十万分之一的概率中活下来时,我明白,我要"换个活法"了。

人这一辈子,不知道会遇上什么事,
有些事必须自己咬牙挺着,
不管有多苦多难,别人谁也替代不了;
有些事,时穷见节,
温暖和支撑要从别人的言行中才能够体会。

一晃十数年过去，三次大手术，都是建萍坚定地站在我身边悉心照料，经过"幸福万岁""幸福修行"，"前面是未知数"中越来越多的未知都变成了已知，如今，我和我妻周建萍幸福地生活在一起。

建萍经常挂在嘴边说她是"韩美林四段婚姻中最大的受益者"，而我自己清楚，在我与她相遇之前，我与所有女人的情爱加起来还不如一个花花公子的一年。我曾经用散文记录下过往的那些已经烟消云散的经历，然而大部分时间里，我执着于当下、醉心于艺术，并无暇回首往事。

并非生活的遭遇太过残酷而不堪回首，那些过往的无耻、丑陋、凶残和丧尽天良的行径会时不时在我的梦中跳出来，让我避之唯恐不及。这些过往，如果始终放不下，它就始终左右你的一切，而当你能够放下了、超越了，它就什么也不是，羞辱反而成为你前进的动力。

如今，我能够"也无风雨也无晴"地坦然面对生命中种种境遇，专心致志地从事我所热爱的艺术创作，不断突破艺术上的藩篱，努力将古老而现代的中华艺术推向世界，我又何尝不是这段婚姻中的受益者？

刚才提到的"换个活法""幸福修行""幸福万岁"，以及"前面是未知数"，都是这些年来我们夫妻俩零星的关于生活的所思所想，集成文字散见于这些年出版的图书和刊物之中。

建萍是电影编剧出身，为了我的事业提前告别中国电影家协会，之前每年都在张罗中国金鸡百花电影节颁奖典礼。即便如此，家里、工作室的事样样都离不开她：韩美林艺术基金会，杭州、北京、银川和宜兴四座韩美林艺术馆，2016 年启动的韩美林全球巡展，从威尼斯到巴黎、列支敦士登，再到韩国、泰国……我的各地的展览更是由她一手操持完成的。

古希腊的神话中说，最初的人是连体的，一半是男一半是女，背靠背连在一起，体力和智力超凡，经常与诸神比试高低。天神宙斯担心连体的人冒犯神灵，便令众神把男女分开。从此，少了一半女人滋润的男人，虽然巍峨如山，铁骨铮铮中却缺了一种似水柔情；而少了一半男人支撑的女人，虽然温柔袅袅，情思婉转中却缺少了一种侠气英姿。所以，终其一生，人们都在寻找缺失的那一半，找到了，人生才算完满。

2021 年，我和建萍结婚二十个年头了！

当年我们经老友谢晋介绍，由建造浙江上虞的花岗岩雕塑《大舜耕田》开始相识，我清楚地记得在雕塑推进过程遇到困难时原本毫不相干的她为我仗义执言；也清楚地记得当我从病床上醒来第一眼看到在床边守候了几天几夜的她面容憔悴；在中国美术馆我的展览开幕式上，我满心欢喜地向所有来宾宣布："今天，我和周建萍结婚啦！"奥运福娃诞生期间，她在家中接待一拨又一拨的宾客；四座艺术馆的建设，她忙前忙后往返奔波；全球巡展中，事无巨细都是她安排得明明白白……太多的画面，被永远定格于生命深处，成了挥之不去的记忆。

建萍是生活中的有心人，我们生活中的点滴细节她都用小本记录下来。同样经历了一件事，也许大家角度不同、接触的层面不同，回想起来的表述各不相同。

在她记录的故事中，2016 年为了拍摄全球巡展宣传片，导演需要拍摄到我回头一笑的镜头。建萍在身后冷不丁地朝我大喊："美林——我俩结婚快十五年了，这十五年，你幸福吗？"

我本能地回头一笑，未及表态，就听到导演说："一遍过。"后来我才知道，为了如何拍好这个镜头，导演和艺术馆的秘书一直在纠结，是建萍灵机一动跳出来这个想法。

我想，那回眸一笑，正是我这些年的婚姻最真实自

然的写照。

　　幸福的生活犹如大海，不时会泛起点点闪光的浪花。就像我随时会拿起画笔在手稿本上笔走龙蛇记录下瞬间的灵感一样，建萍这些年坚持记录了我们生活中的朵朵幸福的小浪花。

　　她的职业虽然是编剧，而在生活这幕大戏之中，她一人身兼数

▲ 切磋

▼ 全家福

职,不仅是优秀的导演,更是出色的演员,甚至是剧务、服装、道具……这些不同角色对她提出了不同的要求:有的劳心,有的劳力;有的讲原则,有的讲情面……其中不乏相互矛盾的,但是本性纯良的她,出色地完成了生活交给她的每一个角色。

建萍始终记得,当年在河南禹州创作陶瓷,满身泥浆的我为了迎接她的到来画了满屋子的小画,共一百七十九张;她一直说,那一百七十九张小画是她这辈子最大的惊喜,她要用双倍数量的小故事来纪念我们二十年的荣辱与共。

生活犹如广袤深邃的大海,建萍在她的新书《关门夫妻》中,用了双倍的一百七十九朵小浪花来见证我们的爱情、生活和事业。这些小故事均是建萍的目之所及、心之所想。能够留意到生活中的种种细节,在忙碌中不忘探寻这些细节背后的感动和意义。我想,这是对待生命的无尽的挚爱,是对生活的不一般的情怀和悉心。这一点,建萍值得人们钦佩。

建萍说,她享受我的热情、激情、豁达、幽默、慷慨……一百七十九,那是"一起到永久"的意思。

我想说,在对的时间遇到了对的人。

幸福像花儿一样。

▶一起到永久

179朵小花，179份爱

建萍说，那一百七十九张小画是她这辈子最大的惊喜，她要用双倍数量的小故事来纪念我们二十年的荣辱与共。

2001年初夏，去"阎王爷"那儿走了一遭，没被阎王收留的美林带着他的学生们开着"艺术大篷车"来到河南禹州烧钧瓷。那是6月的一个周末，我从杭州飞到河南去探班，从机场出来没有看到美林，觉得有点奇怪。从河南新郑机场到禹州还有一个多小时的车程，来接我的美林的学生王未一路一言不发，我挺纳闷。到了禹州宾馆，我连奔带跑上楼，门开着，美林就站在我眼前，脸上带着神秘的笑容。他递给我一张小画，上面画着一只美丽的小凤凰，我很喜欢，看他没事，扑哧地笑了，准备进屋放行李。一进卧室，吓了我一跳，只见整个床上铺满了画，犹如一个花床罩！我惊呆了！王未说："韩老师为了迎接您的到来，从昨天起就开始画了，直到您进门才停笔，一共画了一百七十九张。我路上没说话，就怕一不小心说漏了。韩老师特意叮嘱，一定要给您一个惊喜。"现在想想，这么多年美林带给我的又何止一个惊喜呢？一百七十九，美林这些小画的数量，不知是偶然还是天意，不正暗含着一起到永久的意思吗？

那就把这一百七十九幅画和我俩生活中的小故事辑成一册，作为美林与我结婚二十周年的纪念吧。

韩小莹和周小雯

美林爱动物,尽人皆知,无数中外好友都被他笔下的动物形象深深打动。在家里,也先后养着张秀英、刘富贵、大瘤子、二锅头……这些宠物的故事,说上几天也说不完。这其中,韩小莹和周小雯的来历最有趣。有一次,好友、钢琴大师刘诗昆到家里吃饭,餐厅里有一只苍蝇飞来飞去,怎么也轰不走。美林眼睛一转,一本正经地告诉刘诗昆说:"这苍蝇是我家养的,叫韩小莹,我家卧室里还养了只蚊子,叫周小雯,因为我太太姓周。"韩小莹和周小雯就这么叫开了,直到现在,偶尔光顾我们家的蚊蝇依然继承着由韩美林给它们起的这些雅号。

寿终正寝的牙

美林经常在外人面前谈起他的健康状况，耳不聋、眼不花、血压六十到九十、头发全是黑的、没有一根染的。确实，特别是近十年来，美林的身体是越来越棒了，"艺术大篷车"下乡时，很多随行的年轻人还比不上他。他的牙齿虽然东倒西歪，但挺结实，这一直也是他引以为傲的一件事。最近，他有一颗牙松动了，为这事，有一天他刷牙时一本正经地对我说："终于有一颗牙要'寿终正寝'了。"

接客

  二十年来，韩家几乎天天宾客盈门。有时候一天接待十几批客人，甚至也有一百多人的团队，有时候客人多到家里的喝水杯子都不够用，我就干脆拿出冰啤酒给大家，说："来来，喝点啤酒消消暑。"在我之前美林有过三任太太，有一次我跟美林开玩笑说："估计你的前三任是受不了在家天天'接客'才离你而去的。"美林拉着我假装正经地问："莫非你也有此想法？"

密码

  我们这里是一个大家庭,每天与馆里的孩子们在一起,其乐无穷。我们几乎没有秘密、没有隐私,连美林的银行卡也是公开的,无论去哪儿碰上买单,孩子们就会拿出韩老师的银行卡去结账,签字时孩子们会坦然地签上"韩美林"三个大字。有一次,馆里的新人拿着美林的银行卡去结账,美林突然想起她不知道密码,于是在饭店大堂乱叫:"密码,666666!"

大器晚成

美林成名很早，早在中央美院念书期间，就为《北京晚报》画装帧图案，为邓拓的电影画海报。"文化大革命"时期的美林蒙受不白之冤，在洞山一百号坐了四年零七个月的牢狱。"平反"之后的美林，一门心思扎进艺术的海洋，雕塑、绘画、书法、陶瓷、紫砂……各种艺术形式被他玩了个遍，低头拉车几十年，心无旁骛。我一直关心美林怎么看待他自己的人生，直到有一天凌晨，我还在睡梦中，突然被美林摇醒，我以为出了什么事。他很认真地问了我一句话："媳妇儿，我算不算大器晚成？"

"媳妇儿,我算不算大器晚成?"

夜深人静客人走后，我数落美林"人来疯"："人家客人早想走了，可你一直叨叨个不停，这不都十二点了，客人到家得凌晨了。"我轻轻地打了他几个耳光，算是惩罚。他说："再打两个就'六六大顺'了。"我赶紧补了两个。他又说："再打两个就'发'了。"于是又补了两个。他还说："再打两个就'十全十美'了。"——最后他说："那干脆，凑一打十二个算了。"

凑一打

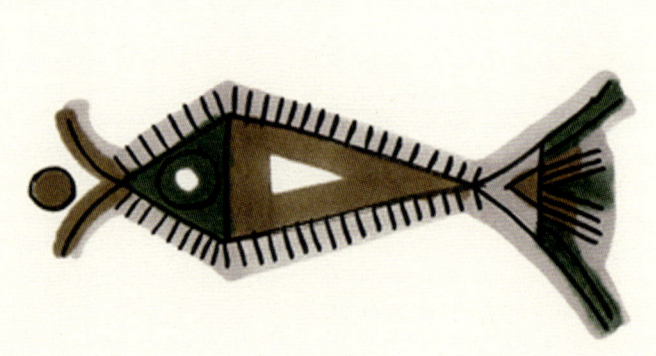

去年家里发现老鼠，家里阿姨买了粘老鼠的纸放在柜子后面，这些小事，谁也没有专门告诉美林。美林一贯喜欢新鲜事物，注意观察细节，家里的犄角旮旯发生任何变化都逃不过他的眼睛。他看着粘老鼠的纸上放了一些花生，想去捡起来，结果老鼠没粘到，自己的手却被粘住了。不过，这也不算浪费，美林出生在 1936 年，生肖属鼠，粘老鼠的纸粘到美林手上，也算趣事一桩。

粘鼠宝

美林有个习惯，总爱给临时为他服务的工作人员塞上点钱，如酒店的门童、餐厅的服务员，以至于他经常出没的几家餐厅的员工见到他都特别热情，大老远就打招呼："韩老师！"美林这时候就会问："你们几个人？"然后就按人头发钱。杭州韩美林艺术馆坐落在杭州植物园里面，每到节假日总是人潮涌动。有一年元旦，杭州植物园保安看到我们的车，老远招呼："韩老师！"美林从车窗伸出头，习惯性地问："你们几个人？"回答："三个。"美林拿出钱说："每人二百元。"然后再拿出几百元说，"给，这是中午吃饭钱。"接着，他又伸出头来说，"给，买酒钱……"

买酒钱

我的儿子了然大学毕业后自主创业。2014年五一劳动节，他用自己赚的钱给自己买豪车，美林看到车后特别严肃地找他谈话，让他马上将车退了。儿子不愿意，美林生气地说："你这是在炫富！你妈妈那么不容易，如果因为你的豪车给妈妈惹了麻烦，我饶不了你！"这是十多年来美林与他最严厉的一次谈话。第二天，儿子就将车卖了。后来美林生日时，儿子掏钱悄悄为"艺术大篷车"增加了一辆新成员，自己却再也不提换车的事了。

车

牙疼

　　美林牙疼，不想刷牙，我盯着他去刷，起先他装睡，后来被逼无奈地去了。回来后，我表扬说："刷牙的时间很标准。"美林憋不住想笑，说："其实我没刷，我在那儿什么也没干，只是磨蹭了会儿……"

美林喜欢看偶像剧,主演必须在三十岁以下,超过三十岁他就觉得大了。那天我有意无意地看着电视剧《守婚如玉》,他也凑过来看,这部片子讲的是一个男人出轨,被一个死缠烂打的女人各种恶搞,歇斯底里地伤害,等等。看着这个丧心病狂的女人,我突然问美林:"老公,看来男人出轨实在太麻烦。"他使劲地点头说:"出轨还不如卧轨呢。"

出轨还是卧轨

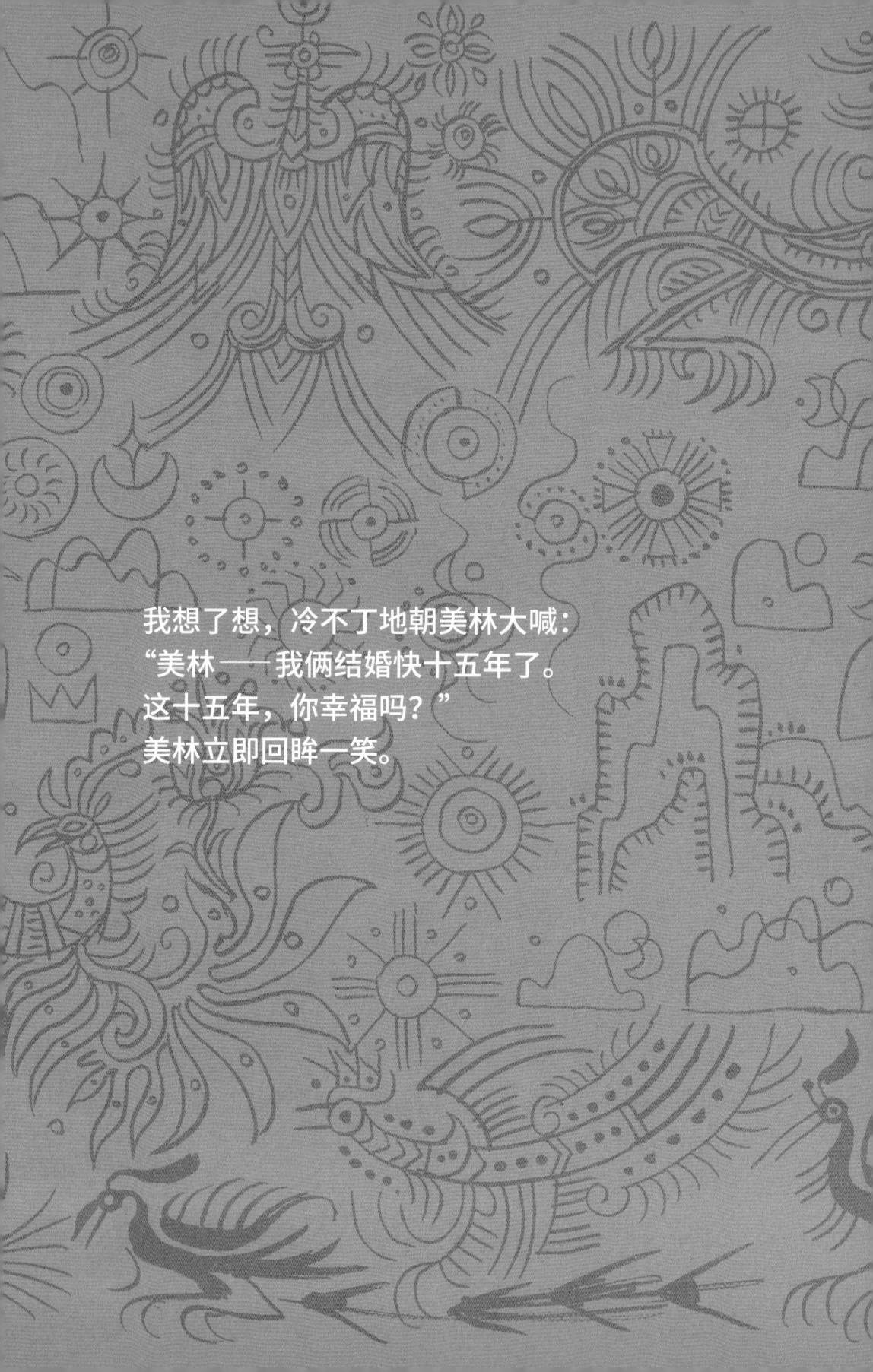

我想了想,冷不丁地朝美林大喊:
"美林——我俩结婚快十五年了。
这十五年,你幸福吗?"
美林立即回眸一笑。

回眸一笑

  为配合美林 2016 年在国博的八十大展，我们正在拍摄一部三馆宣传片，导演在北馆的台本里设计了一段韩美林在馆里发现很多观众，于是回头向他们一笑的镜头。这下难倒了美林的秘书，说怎么才能让韩老师回眸一笑呢？于是，他们来找我，导演让我坐在轨道车里，说："周老师不管你说什么，反正得让韩老师回眸一笑。"我想了想，冷不丁地朝美林大喊："美林——我俩结婚快十五年了。这十五年，你幸福吗？"美林立即回眸一笑。导演说："一遍过。"

杯子和被子

有一次家里来客人，阿姨泡茶时茶叶放多了，美林让阿姨再去拿一个杯子，想倒出些茶叶来，不知是美林说得不够清楚，还是阿姨没有理解正确，过了一会儿，阿姨十分费力地搬来了一床被子。是美林的语速太快，还是美林平日里无论是创作还是谈吐都太天马行空，让阿姨也变得思维跳跃了？

"老公，家里的钱只够办全球巡展和国博大展了。"美林听后停顿了一下，很爷们地说："好了啦，在我身上挂了号了。"美林对赚钱的概念是，有本事的男人出去两手空空，回来口袋鼓鼓。他的金钱理论是，钱不是攒出来的，而是花出来的。

钱是花出来的

字面分析

  都说谈恋爱的女孩智商最低,以至于婚后家庭屡屡出状况。美林说,结婚就是女人脑子发昏,比如"婚",女字偏旁加发昏的"昏";再比如"姻",女字偏旁加原因的"因",故离婚大多都是因为女人,结婚前女人智商低且容易冲动,婚后,因为审美疲劳,夫妻保鲜度降低,男人的另一面显现出来后,便会出现"七年之痒"之说。

花生米

听美林说,20 世纪 50 年代,黄永玉和周令钊逛东安市场,黄永玉买了两毛钱的花生米,没口袋装,就装到周令钊的口袋里,吃一颗,再往人家口袋里掏一颗。吃着,掏着,逛着,结果被人当小偷抓住了手,原来掏错了口袋。说掏花生米,人家不信,找周令钊做证,周令钊已不知逛哪儿去了。等周令钊转身找黄永玉,也不见踪影。最后,是周令钊到派出所把黄永玉给领了回来。

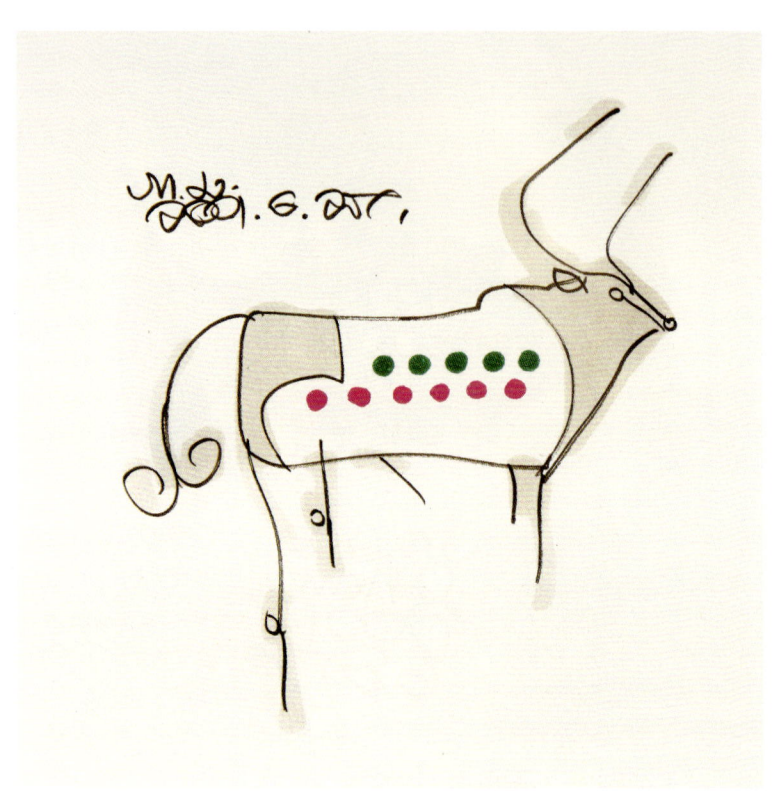

鞠躬

  在 1988 年中国美术馆举办的美林的第二次个展上，启功老先生看了展览后找到美林，他鞠了一躬说："美林，你是我们民族的骄傲，请允许我向你致敬。"美林一看不敢当啊，连忙给他老人家鞠躬，启老再还，美林再以九十度的鞠躬回拜……一连三次，站在一旁的演员陈佩斯禁不住扑上前搂住启老，告诉他："不要再还了，您老的心意，美林全领了！"

到底是中央美院（一）

　　1955年，美林从山东济南来到北京中央美术学院考试，去了校尉营胡同，一进去，发现院子里一排小树都倒在地上没人管，美林心想，到底是中央美术学院，连小树都长得那么艺术。进门上楼梯，教学楼的楼梯又矮又小，上两级不够，上三级又嫌太跨，他心里仍在想，到底是美术学院，楼梯也别致！考试铃声响，进了教室，美林将衣服挂在衣架上，由于衣架比较低，衣服老是掉下来，美林心想，到底是中央美术学院，连挂衣服的架子都设计得那么方便！考完了，美林上洗手间，由于马桶太矮，尿撒了一腿，美林心想，到底是中央美术学院，连马桶设计得都那么袖珍！后来，他才恍然大悟：这座教学楼原是侵华日军的一家托儿所，给小孩子走的楼梯，能不矮得"别致"吗？门口小榆树的"艺术"，其实是没有修整的缘故。

到底是中央美院（二）

　　中央美院考素描的那天，美林早早拿着济南美术老师乐薇送给他的橡皮擦来到考场。这时，监考老师拿着一箱长条面包让同学们来领，一毛钱一条，美林拿了一条用十分钟时间迅速吃完，心想，到底是中央美术学院，考试还带发早点的。大家看见美林吃也都去拿面包，画苦菜花的张德宇和徐启熊也都伸着脖子干嚼起来——考试铃响了，董希文老师来巡察考场，看到美林手里那用金纸包的橡皮说："哟，你还有这个洋东西啊？我们只能用面包擦炭画，你们的面包呢？"这时大家说："我们都吃啦！"韩美林以为是学校发的早点。董希文老师听后哈哈大笑说："那就一人再交一毛钱再拿一根面包吧。"

盖叫天

  1960年，美林大学毕业，因为成绩优秀留校任教。"文化大革命"开始时，有人诬陷他"里通外国"，他气得去找杭州同学蔡晓丽做证，没想到蔡晓丽的爸爸和弟弟都因为承受不了莫须有的罪名而自杀了。美林一人神情黯然地走在杭州延安路上，到了一个十字路口，他看到一个人被五花大绑地绑在一把藤椅上，正在接受"批斗"，再仔细一看，是盖叫天！他看见盖叫天仰着头，张了大嘴，当时似乎已经不行了，周围一堆戏服在熊熊燃烧——美林当时实在难以控制自己悲伤的情绪，扭头回了北京。

噩梦

　　跟美林结婚的二十年间，美林经常做着同样一个梦：手筋、脚筋被"造反派"挑断后投进洞山一百号监狱，手拿不住筷子，头埋在碗里吃饭；腿走不了路，被架着去刑场陪枪毙——没有人给他"平反"！经常半夜、凌晨被他自己哭醒——作为见证人的我，每每面对这样的噩梦，不禁落泪，百感交集……

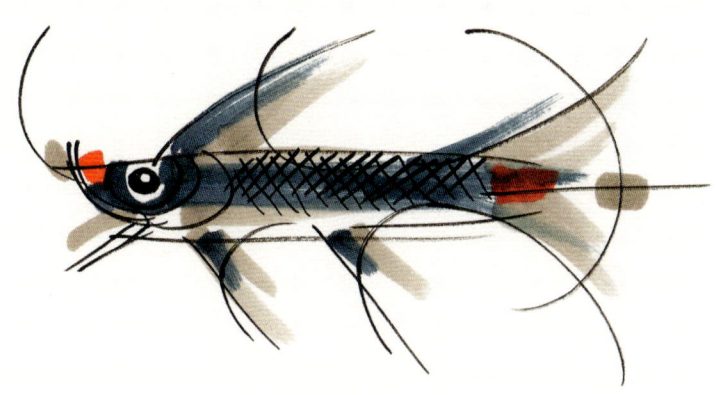

不是政治家

20世纪80年代，美林是"文革"后第一批去西方国家办个人画展的中国画家。一次记者招待会上，有记者一连问了三个关于中国政治的问题。韩美林笑了，说："你搞错了，我是个画家，不是政治家。"引得那个提问的记者自己都笑了。

开小差

会中开小差是美林的常态，别人在台上汇报工作时，台下的美林也忙得不亦乐乎，给这个画个小品，给那个送点吃的，再给另一个递张小条。有一次，美林给郭大秘递了一张字条，上面写道："今天这屋子怎么那么亮呢？"意思是在夸奖郭莹长得白。美林说："因为郭莹平时工作太辛苦，所以想让她乐一乐。"

2016年6月的一个早上，阿姨匆忙来叫我，说韩老师被关在电梯里了，我赶紧跑出去，发现美林用脚一个劲地在踹电梯的门。我大叫："美林不能踹电梯啊，要掉下去的！"可是美林听不见，因为他被关在两个楼层的中间。我们火急火燎地终于等到电梯厂的维修人员将美林解救了出来。事后我才了解到因为维保厂家唯利是图，这部电梯平时维修时所换的配件均不是原配件！

电梯惊魂

"花心怒放"

老友高慎盈,祖上是明朝一品尚书,他本人毕业于复旦大学新闻系,历经四十多年的文字生涯,几年前他从一份大报的主编位置上退下来,被我和美林在第一时间里"抢"来当韩美林艺术馆的新闻总监。平时在上海"遥控"指导三馆宣传工作的高总监,为人正直善良、工作激情澎湃。他每次来北京讲授宣传思路和实施方案时,均会被馆里姑娘们团团围住,聆听他的真知灼见。有一次,我跟美林说:"刚才我在楼下看到了高总监正心花怒放地给员工们讲课呢!"美林笑着问我:"是心花怒放,还是花心怒放?"

　　说韩美林生不逢时,是因为经历了那场"浩劫",早期作品几乎一件没留下,只有对画作的星星点点记忆;说韩美林生逢其时,正是那场磨砺人意志的灾难造就了今日的韩美林。为了追溯历史,研究韩美林艺术,我们经常去拍卖会上拍回一些他的早期原作。每当将拍回的作品拿回家,美林便会忍不住添加两笔,我们则会找各种借口予以阻止,为此斗智斗勇。因为在美林看来,这些是艺术,艺术要与时俱进;而在我看来,这些是历史,历史应该被铭记,那是我们来时的路。

生不逢时与生逢其时

m.w. Han. 2001.6.27

m.w. Han. 2001.6.27

"拐杖"

美林的膝盖时好时坏，有时候下楼梯比较困难些，家里人、馆里人都成了他的"拐杖"。"拐杖"也分合适不合适，比如身高、步调等，但我们家里从不缺"拐杖"。

一入韩馆便终身

2011年年底，美林的国博大展历时数月，我们认识了当时还在国博工作的田达治，感觉他就像"万金油"，在哪儿都能发光发热，如电台主持、专栏作家、学生导师、美术评论、策展布展……他仿佛无所不能，我们与他结下了深厚的友谊。

2015年银川馆开馆前夕，受到美林艺术的感召，田达治如愿从国博调入北京韩美林艺术馆。作为艺术馆少数的几位男孩，他押运着满载美林作品的运输车，在贺兰山的晨光中顺利抵达银川，策划、布展、协调……直到银川馆顺利开馆。我庆幸我馆有这样的"钢铁战士"，之后我们又并肩作战了数年，那几年是美林艺术事业的黄金期。

2018年，田达治去了一家民营美术馆工作。尽管我心里有再多的不舍，但经过与上级领导沟通，还是尊重他的个人意愿。他也经常回来参加北馆的各种活动。我经常对员工们说："一日韩馆人，终身韩馆人。"至今，我们和田达治都觉得他还是馆里人，馆里有啥事我们还是会想到他。

搓衣板

  这些年,盛邀美林设计城市雕塑的工作任务应接不暇。一座雕塑从设计到制作到安装,起码需要三年时间,这个过程中我们与雕塑委托方的一些负责工程的人员结下了深厚的友谊。可以这么说,哪里有美林的雕塑,哪里就有我们的朋友,即便他们调离了工作岗位,也未曾改变。记得有一次雕塑委托方的一位处长来看我们,我知道他一直是美林的铁粉儿,就悄悄跟美林说给他画张小卡纸画吧,让他拿回去做个纪念。其实,美林高兴的时候也经常给朋友们画画,无论认识或不认识,可美林那天就是不肯画,说腐败什么的——我觉得美林太不食人间烟火了,气得夺门而出,到了晚上我也没回去,后来美林派工作室的赵小杰、徐德宽、王未等学生来找我,我说:"可以回去,但得让韩老师画好画我才回去。"美林就范了。回到家,他一个劲儿地检讨说,这两天听到朋友们说有的政府干部如何腐败,所以看到政府干部就来气什么的。这时,我突然想起刚才买的面包放车里忘记拿了,赶紧下楼,美林问:"你去哪儿啊?"我假装还在生气地说:"买搓衣板去!"美林委屈地大叫:"这么晚去哪儿买搓衣板啊?"

王熙凤

  记得二十多年前,有一本叫《家庭》的杂志刊登了一篇写美林的文章,题目是"让王熙凤来管家"。大概的意思是,在美林这么一个复杂而多元的家庭里应该有一位能干的女主人来管家。我想,管理韩家,除了要有《红楼梦》中王熙凤的行事果断,有孤注一掷的勇气和绝地反杀的能力外,更要有一颗宽容的心把一切打理得井井有条。这标准也太高了吧?不过,这二十多年来,我倒是不敢懈怠,一直在努力。

道具

　　走出国门，美林总喜欢给我拍照，尤其喜欢坐在欧洲的露天咖啡馆街拍，我也总是很配合地故作姿态让美林拍。直到后来我们去了慕尼黑巴伐利亚啤酒节，遇上了众多穿着巴伐利亚服装的姑娘，美林激动地拉起我的手说："来来来——拍照！"此时我才明白，原来他是借着给我拍，主要目标是我身后的美女们，难怪之前我发现拍出来的照片，不是表情古怪就是脸像烧饼那么大，有时候焦距还是虚的，倒是身后的风景、人物什么的清晰动人，我恍然大悟，自己原来只是"道具"而已。

占线

　　美林用几十年时间培养了一家全国首屈一指的雕塑制造厂——山西宇达青铜文化艺术股份有限责任公司。最初它只是一家规模很小的图章制造厂,董事长卫恩科属龙,与美林亲如父子,经过多年的磨砺,美林对他的评价是:招之即来,来之能战,战不一定胜,但是挺勇敢。一天,美林给卫总打电话,占线没打通,之后卫总回了电话过来,说:"抱歉韩老师,刚才与别人通了个电话。"美林高兴地问:"是不是又有大客户了?"

谢晋叹苦

　　谢晋导演的大儿子谢衍去世后,谢导一蹶不振,每天将自己关在公司,下班了也不回家,公司高管们轮流陪着他。有一天,潘虹去看谢导,谢导心情沮丧,他凄凉地对潘虹说:"别人再苦,有我苦吗?"

  2002 年，我电影界的同事黄诚坚给我们家介绍了个秘书叫周思妤，东北人，我跟她谈话时问她："父母在哪里？"她说："在吉林四平，都下岗了。"我说："怎么生活？"她回答："政府给了每人每个月四百元补助，已经很不错了。"这个姑娘是我来北京后的第一个大秘，直到后来为人妻、为人母。记得 2014 年思妤结婚，我和美林带着一大群娘家人组成的助阵团早早地从北京的东面奔向西面。思妤三十出头才找到这位如意郎君——钓鱼台国宾馆的一位干部。当天新郎请来钓鱼台的助阵团队，一眼望去，清一色的女性领导。钓鱼台 VS 艺术馆，显然呈混搭态势。美林和我先后上台讲了一大堆对新娘的赞美之词，讲完后，感觉，女儿嫁了，心也踏实了。

钓鱼台嫁女

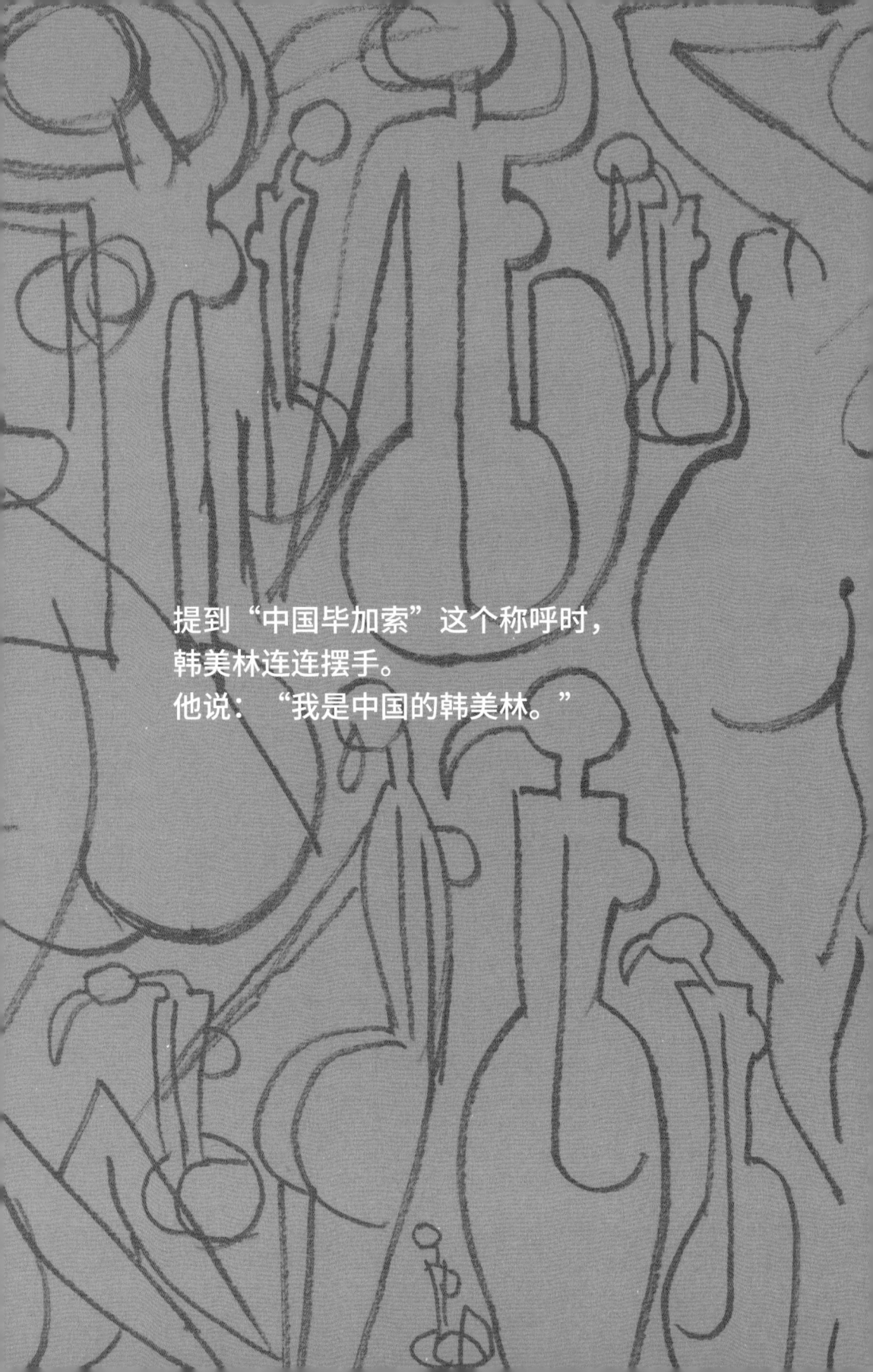

提到"中国毕加索"这个称呼时,
韩美林连连摆手。
他说:"我是中国的韩美林。"

美林说,毕加索在西方画家中算是高寿的,毕加索的后期创作几乎到了自由、不痛苦、随心所欲的阶段,他现在亦是如此,画家七八十岁创作才算成熟,他总感觉自己才刚刚开始。

开始

花蕊

　　尽管北京的家里基本上只有美林和我两个人,但绝对是个"大户人家"。平日里因为工作忙、创作任务重、客人多,所以秘书多、阿姨多、司机多,每天一大帮人围着我俩转,几乎没过过什么两人世界。但在美林的世界里,快乐无处不在,比如,美林经常将早餐吃剩下的咸菜摆成一朵朵小花送还阿姨,当阿姨满心欢喜地端到厨房准备拍照留作纪念时,突然发现韩老师将两粒餐后药做了花蕊,于是赶紧重新拿药给韩老师送去。类似这种事,时有发生。

　　午觉睡醒后的美林，我们会给他送些水果和点心，有时候会开玩笑地说："韩先生请笑纳。"美林会回答："纳不下去怎么办？"美林从午睡的房间出来有一扇直接通向展厅的门，有时候到了下午四点多还没见美林出来，进去一看没人，原来他已到导视部请大家吃哈根达斯冰激凌去了。

哈根达斯

爱的痕迹

　　与美林结婚的前几个月，我的妈妈还是不同意这门婚事，总觉得美林年纪太大，前面有三任太太和孩子，担心我日后关系难以处理。眼看 2001 年 12 月 31 日美林在中国美术馆的第五次艺术大展临近，考虑到我们约定在开幕式上宣布结婚，美林只得硬着头皮去杭州拜见岳父岳母大人，首先他写了一封很长的求婚信，然后瞒着我擅自去医院将右眼边上的一个小脂肪粒用激光打掉了，待我发现他眼睛边上一个大疤后，他才坦白，后来他就带着这个疤第一次去见了我的父母。

痛经

全球巡展前,为了确保美林的身体万无一失,我们请来了北京同仁堂名医馆馆长关庆维大夫,想给美林号号脉,调理下身体,没想到关大夫来的时候馆里的女孩子们都嚷嚷着请关大夫看看,说是十个里面有九个有痛经现象。于是,姑娘们几乎是排着队请关大夫号脉、开方。最后轮到美林时,他理直气壮地对关大夫说:"我又不痛经,给我看干吗?"

帅

　　对于美林的前几任太太我从来是自然面对,坦然处之。婚后不久,开始整理美林前三任太太的照片,我将它们分别装入三个盒子中,美林也过来凑热闹,他翻来翻去地看着,然后拿起自己的一张照片,得意地说:"这么帅的小伙子上哪儿找?"

  我和美林结婚前去上海办事，我电影界的老朋友、上海影城的老总朱春豪请我们在新开的一家叫作"美林阁"的饭店吃饭。吃完饭，走出大门，我们突然发现马路对面有一家"建萍动物诊疗所"。我和美林看着，笑而不语。

美林阁与建萍动物诊疗所

042

好人红烧肉

儿子跟我北上前,我带他到北京,美林在北京饭店请我们吃饭,记得当时还有中国美协办公室主任胡明之,我与胡明之在一边先谈展览的事,美林跟儿子聊天说:"了然,我是个好人吗?但我也不是个坏人,无论我跟你妈如何,我们能做个好朋友吗?"了然使劲点头,说:"那你给我点个红烧肉吧!"

工资

在艺术上,美林每天都在刷新着自己,在生活里,他却是个知足常乐的人。他经常说,曾几何时,五十二点五元的工资他拿了二十多年,后来听说梅兰芳那个时候每个月工资有二百多元,便觉得是个天文数字;再后来,听说那时候毛主席每个月工资也才三百多元,于是,感到很知足。

家里丢下个朵朵花

　　这十几年来，美林经常带着员工浩浩荡荡出去吃饭，我们称之为"吃野饭"。我呢，基本不去，一则，我们家在通州，来回一趟浪费时间不少；二则，美林喜欢吃的那些北方菜我也不感兴趣。每次他回来，我基本会说："怎么那么快就回来了？"他总是说："身在外面，心在家，家里丢下个朵朵花……"

他总是说:"身在外面,心在家,家里丢下个朵朵花……"

萝卜干

  2001年冬天，美林因心血管狭窄入住阜外医院。天冷，病房小，空气也不太好。美林因吃糖尿病药拜糖平而老是出气。一天，来了一群窈窕淑女，美林一高兴伸手从床下拿出挂历给人家签名，没想到同时挤出了气，顿时，空气中弥漫着一股"尴尬之气"。美林猛然大叫："建萍，你老家拿来的萝卜干怎么那么臭啊，赶紧去扔了！"我一头雾水地赶紧将萝卜干拿出去。待客人走后，我才恍然大悟。

说实话，美林直到六十五岁才知道什么叫备皮。那是第一次因心血管狭窄在同仁医院做血管造影的时候，手术前来了一个叫冬梅的年轻漂亮护士给美林备皮——弄得美林特别不好意思！冬梅一边备皮，一边不好意思地说："韩老师，我们医务工作者……"由于同仁医院在造影的过程中发现美林血管狭窄的部位很难放支架，建议转到阜外医院去做，到了阜外医院，手术前仍然需要做一次备皮。这次美林有经验了，乖乖地躺着，等待着白衣天使的来临。

备皮

047
薄荷味还是香蕉味

做完心脏搭桥手术后,美林胸前蜈蚣般的伤口疼痛难忍,医生过来关切地问:"韩老师,你怎么个痛法?"美林尽管疼得满头大汗,但还是开着玩笑说:"大夫,你问疼的是薄荷味还是香蕉味吗?"

因为上虞《大舜耕田》雕塑需要一个专家评审团，美林介绍我认识了国内雕塑界的几位前辈——吉信、盛扬、白澜生等。那时我与美林还没确定关系或者说正在确定中。三位老师都很喜欢我，尽管那时我已是三十出头的小妈妈了，但似乎还颇有点姿色且谈吐不俗，我自己创作的电影剧本也刚刚获奖。有一次，我去北京，大家相约在浪淘沙吃饭，美林看我与三个老头聊得带劲，表示很不爽，于是买通服务员，让他们过来说："对不起，不好意思，我们要打烊了。"后来，我才知道，这家店是北京少有的几家开到凌晨的消夜店。

打烊

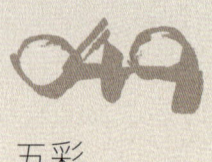

五彩

我还没调到北京工作之前,美林经常来杭州看我。一日,烈日当头,为了给我惊喜,美林突发奇想地到哈根达斯冰激凌店给我买了一个巨大的冰激凌蛋筒,为了免遭街上的灰尘,他灵机一动,把酒店的住房卡撕开一个小洞,盖在冰激凌上面,吃冰激凌的小勺刚好从洞里钻出,冰激凌被盖得严严实实。好不得意的美林,顺手抄起书报亭里的一本书看了起来。待我以飞人乔伊娜的速度赶到他跟前时,面对我的是一个穿着花裤子花鞋的男人,举着一个蛋筒,底部还一个劲地往下滴着五彩的冰激凌……

前几日,一对小夫妻拖儿带女地从齐齐哈尔专程前来北京韩美林艺术馆参观,离开时他们在留言簿上表露出想与韩老师合影的心愿,美林得知后问:"他们人呢?"员工说:"走了。"当美林得知他们翌日将返回老家时,他急切地说:"赶紧让他们回来!"那天下午,美林午觉也没睡,等着这个温暖的四口之家的到来,还为他们准备了温馨的礼物。齐齐哈尔"铁粉"全家见到心中的男神——韩美林后,激动得无以言表!告别时他们不停地说:"韩老师长命百岁!"我的一个朋友听说后开玩笑说:"这恐怕在齐齐哈尔乃至黑龙江都是一件大事了。"

大事

  我不怎么爱铺床，每天这个活儿必定是美林的，一则，他是搞美术的，铺得比我漂亮；二则，他因此可以活动活动筋骨。有一天，我们同时起来，他开始徘徊于床的两头，因为个子小，他需要倒腾好几个来回。估计那天他想偷下懒吧，他叫我："哎！媳妇儿，你帮我把你那边的被子扯一下。"我原本想帮他，但想就此开个玩笑，于是冷冷地看了他一眼，说："不是已经结婚了吗？这活儿归你。"

不是结婚了吗

他叫我:"哎!媳妇儿,你帮我把你那边的被子扯一下。"我原本想帮他,但想就此开个玩笑,于是冷冷地看了他一眼,说:"不是已经结婚了吗?这活儿归你。"

绅士风度

每次跟美林出门，箱子、包等总是他拿着，不让别人插手，尤其与老人和女士在一起，他总是以女士应该注意形象而绅士般地将箱子什么的都抢走。有一次，我和父母、美林准备上飞机，那时美林刚做完心脏搭桥手术没多久，他执意要推行李车，爸妈坚决不让，与他抢来抢去，结果美林没站稳，从行李车这头一百八十度翻到了那头，吓出我们一身冷汗！可美林一骨碌爬起来没事儿似的继续推车，我们则三天惊魂未定。

溜旱冰

  每年年底,我都要带着爸妈和美林去体检,前几年协和医院新体检大楼刚开业不久我们就去了,等我和爸妈进了电梯,发现美林不见了,赶紧去找,因为美林经常因看不惯的人和事与人发生争执。当我终于在医院大厅找到美林时,我发现他一个人正自由自在地在医院新大厅那儿模拟着溜旱冰呢。

几位前辈

  我刚来北京时，经常与四位老前辈在一起，他们是黄苗子、郁风、丁聪、沈峻，这几位是我见过的最有学识、最睿智、儒雅、风趣的老人。之后的日子里，他们一个一个离我们而去。记得有一天在我们家，大家讨论"千金难买老来瘦"的话题，郁风老师说了一个故事，令我至今记忆犹新：六十年前，在桂林，夏衍与田汉聊天，聊得激动时，田汉打了夏衍一拳，没想到，夏衍的肋骨断了。

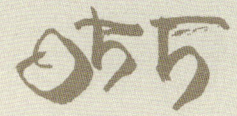

《寨歌》

  1961年春天，美林到云南边陲采风。三个月后回到北京，创作了工笔画《寨歌》。画面上精雕细琢地画了八名少数民族男女、一个孩童，还有两只孔雀。美林把《寨歌》给当时《人民日报》的范瑾老师过目。范瑾看罢，连连称好，于是把画送给当时北京市委分管文教的副书记邓拓，请他也看一看。邓拓曾任《人民日报》总编辑，不仅文笔好，对书画也颇有欣赏的眼力。邓拓对《寨歌》大加赞赏，当即赋《寨歌·调寄踏莎行》一首：

  南国风光，寨家歌舞，景颇村寨喧箫鼓。西双版纳卡牌奴，如今个个奇男女。

  孔雀弄姿，青年结侣，芭蕉水果盈筐篓。溪桥集市换犁锄，社田增辟万千亩。

  这首署名为"左海"的词和画作一并发表在1961年7月22日的《北京晚报》上。"文化大革命"开始，邓拓被头一个揪出来，之后也没有美林的好日子过了。

入错队

　　有一年，全国政协开会，美林在休息室碰到了谢晋，老友相见分外高兴，于是两人开始寒暄。美林聊他的创作怎样一发不可收，谢晋聊他的《拉贝日记》遇到怎样的困难，等等。没想到会议入场了，谢晋却去了洗手间，当时是全国政协常委的美林随着乐曲声走上主席台。按姓氏笔画，"韩"字笔画多，他应该是在最后一排的，还沉浸在与谢晋的话题中的美林却径直往政治局常委队列走过去了，被当时人民大会堂的薛局长一把拉住，告诉美林："你的位置在后面。"

《洪湖水浪打浪》

美林带着我和秘书去湖北出差后返京,离登机时间还早,于是我顺手在机场买了几只洪湖野鸭带上了飞机。下了飞机,只见美林头顶洪湖野鸭的盒子,唱着《洪湖水浪打浪》,自由自在地出了机场。

媒婆

　　生活中，美林无时无刻不在给我们制造快乐和惊喜。一次，美林从浴室出来，穿着我的大红浴袍，右耳戴了朵大红花（浴球），一扭一扭地走出来了，活脱脱像个大媒婆。我差点笑晕过去。

十七岁的外婆

  美林的外公姓毛,外婆姓周,因为盐务,举家迁到了山东济南。外公家曾是济南四大家族之一,外婆家是绍兴周家大户,只可惜外婆十七岁生美林妈妈时因难产去世了。所以,美林经常说:我的外婆只有十七岁。

声讨信上

有一次,我跟美林吵完架就去单位上班了,到了单位我的气似乎还没消,就又写了封声讨信传真给美林,到了下班时间也没见任何动静,于是我很不情愿地回到家,直接去了卧室,准备不吃不喝绝食抗议。刚躺下,发现声讨信静静地躺在枕头上,只是在落款处多了一个跪着的、流着眼泪的、头上两撮毛(前一天理发新造型)的小韩美林。

打假

  2003年夏天,有人举报北京琉璃厂一家画廊在卖美林的八骏图,据说是天价,我们当然觉得不可能是真画,因为美林只给人民大会堂画过一幅八骏图。我们来到画廊,老板见到美林当即跪下,我们还是报了警,等琉璃厂派出所让画廊老板做笔录时,所长拿出了一大沓宣纸请美林露一手,他说:"我们派出所啥都没有,就宣纸多。"美林倒也爽快,提笔就开写,边写边说:"给你们看看什么是韩美林的真迹,以后你们自己就可以打假了。"

签名

　　20世纪80年代，美林在中国美术馆举行个展，盛况空前，观众排着长队让美林签名。对于一个二十多年受尽磨难的人来说，当然是来者不拒。没多久，美林的手臂在桌子角上磨出了血，边上的谢添导演看在眼里疼在心里，说："美林，我替你签吧！"于是，谢添导演在另外一张桌子上开始替美林签名，大家一看谢添个子高大，像个画家，都去他那儿排队，这下解放了美林，但没想到谢添签着签着签糊涂了，"美林"变成了"谢添"，大家一看这是谢添，又跑去美林那儿排队。结果，两个人一起开签。

艺术家有的时候是非不分、好坏不分,美林亦是如此,经常给我们的工作带来很大的被动。艺术馆开馆以来我们时常接待一些来鉴定字画的观众,一部分确有其因,一部分则居心不良。有时候,他们在馆里偶尔被美林撞见,美林便会如亲人般迎进家门,请他们到他的画室鉴定。这时,来鉴定的人如不那么厚道,就会拿起假画与韩老师不停地合影,于是假画便成了真画,他们对外说是韩老师画完后与他们合了影。

防火防盗防合影

当牛做马

冯骥才老师为美林一幅牛作品题跋："画牛马因何都是韩家人？韩滉画牛，韩干画马，画牛马韩美林。莫非前世当牛做马？你问我，我问谁？还是要问韩美林。" 韩美林答曰："上辈子我是个地主老财、土匪恶霸，这辈子就该当牛做马！"

协和医院保健大楼门口,有一位修自行车的大叔,修车之余,他总是在专注地用铜丝扎着一辆辆造型迥异、可以摆在桌上当作装饰用的自行车,十五元一辆。我买了一辆回来送给正在检查身体的美林,哪知道美林拿在手里肃然起敬!他让我赶紧送些钱去给那位大叔,说这就是谋生本领。

肃然起敬

行大礼

　　美林特别重视礼数，曾经给他的恩师行过跪拜礼；对于讲究礼数的人，美林也特别欣赏。每年的 5 月 8 日是韩国的父母节，韩国浦项集团的康泰荣博士专程前来给他最尊敬的长辈——韩美林叩拜行大礼，场面令人动容。康博士说："我没有父亲了，你就是我中国的父亲。"我因为辈分高，也被康博士行了大礼。这个康博士，是个好孩子。

北京馆开馆的那年，美林去通州狗市买了三只小松狮，回来给它们取名为"大代表""二代表""三代表"，它们也分别都记住了自己的名字，叫大代表，二代表绝对不搭理，叫二代表，三代表绝对玩自己的。松狮长大了有一个问题就是眼睛容易倒睫发炎，严重时甚至失明，王大爷这些年为此真是煞费苦心！我们老是见他踩着个三轮车去医院，车上不是大代表就是二代表，或者三代表。有一次，我看到王大爷踩着三轮车带它们集体体检回来，其中三代表刚动了手术，还戴着眼罩呢。

"代表"

绍兴

  我虽然在杭州出生,但祖籍浙江绍兴,我曾祖父那辈在绍兴周家算是大户人家,据说我们家谱里与鲁迅沾点边。巧合的是,美林母亲也是绍兴周家。我每年几乎都与父母、兄嫂去绍兴为爷爷奶奶上坟,美林有空也会一同前往,顺便全家踏青。每次去绍兴翠湾爷爷奶奶的墓地,我们都会按照绍兴旧俗,先敬土地公公,再烧纸钱,然后磕头,等等。美林按照程序也是一个一个去做,有一次因磕头过猛,额头磕破了。从绍兴回来的路上,爸爸总结道:"美林做什么事都认真,磕头磕得也认真,所以,事业有成。"

到故宫办展不但有趣,还长知识。在我的记忆中,一直以为当年是为躲避战乱的"文物南迁"撤走了故宫大多数文物,后来才知道拿走的四千多箱文物只是一部分。如果将故宫现有的文物再加上后来被中国第一历史档案馆收藏的一千万件文本档案,那么,故宫文物数量应该是全世界之最。

文物

江湖

　　美林说，艺术上的成功，不能说是你已经脱离了苦海；在鲜花与掌声中，不一定你就升了天堂。不少艺术家一看到这个眼花缭乱的世界即驻足不前，这里有金钱、美女、名誉、地位，有鞍前马后肉麻的吹捧，中了魔一样地陶醉……他这里不是天堂，只是堕落之所在，艺术生命在这里已经窒息，这些艺术家就在"此地"搁浅，不再前进了。他们改了名，叫"大师"，叫"客户"，叫"葡萄李""牡丹崔"……他们陷入了江湖。

"汤王"

　　美林和我没事儿经常带着阿姨、司机出去吃饭。每次出门，美林都会很绅士地打开车门伸出手对阿姨说"请——"，让阿姨后排坐定后，自己则坐上副驾驶位置给司机带路。有一次带大家去吃饭，美林说："王府井那儿看到一个'汤王'的招牌，走！咱们去喝靓汤，广东人的靓汤做得特别地道。"于是，司机、阿姨洋洋洒洒地去了。到了"汤王"，前台的服务员问："你们几男几女啊？"美林说："真新鲜，现在吃个饭还要问几男几女。"后来才知道，人家原来是澡堂。当时大家甚为尴尬，美林说："反正来都来了，男女老少都先进去泡个澡、按摩一下吧。"于是，大家都饿着肚子享受了一番。

m. d. Han. 2001. 6. 27

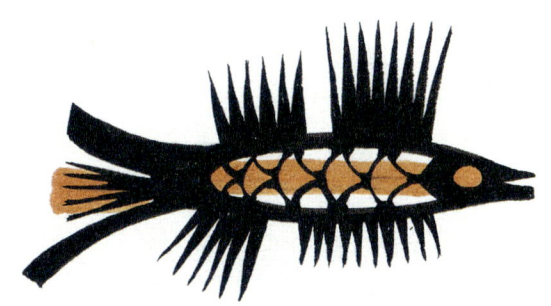

m. d. Han. 2001. 6. 27.

二重唱与儿童唱

  1949年新中国成立初期开展消灭细菌战的时候,美林在文化馆工作,当时的文化局局长是杀猪出身,没什么文化。一次,局长来审查节目,他神气地插着手严肃地看着。报幕员出来说道:"下面一个节目'男女二重唱'。"之后二重唱列队上来:"苍蝇苍蝇你是害人精,我要不拍死你,你就要我命……战犯杜鲁门,放屁熏死人,齐心协力地打垮他,别让他再熏人。"因为是二重唱,唱的过程中会有二一拍、四一拍、四三拍等交替着来,突然,文化局局长拍案而起,说:"你们说是儿童唱,上来一群大人我就不说了,可是一群大人都唱不齐,都给我下来!"

1988年第二次"韩美林艺术展"在中国美术馆落幕的时候,"毕加索版画原作展"和"张大千绘画艺术回顾展"分别在中华世纪坛和国家历史博物馆举行,当时兴起一种说法:毕加索温,张大千冷,韩美林火。美林说,毕加索要是来中国,他就温不起来了。1965年6月,张大千去拜访毕加索,邀请毕加索访问中国,毕加索说:"我不敢去中国,因为你们那儿有个齐白石,他说我要是去了,中国一定会否定我。"我想,毕加索要是现在来中国,还有一个与他一样玩转了艺术形式的韩美林在等着他呢!

毕加索

埋头干活

冯骥才老师说,高调的人必须不断折腾、生事,怎能叫人喜欢;低调的人平和、踏实,怎能叫人不喜欢。低调是宁静、踏实、深邃与隽永。低调不是被遗忘,更不是无能。只有自信,才能做到低调和安于低调。正如那天我们去看望黄永玉先生,他与美林说的一样,他说自己书都读不完,没有时间去关心外面发生的事,埋头干活才是硬道理。

冯骥才老师说,高调的人必须不断折腾、生事,怎能叫人喜欢;低调的人平和、踏实,怎能叫人不喜欢。

情

　　美林常说："人非草木，孰能无情。"情是人性中最可宝贵的东西，情也有格局和境界之分。"问世间情为何物，直教人生死相许"，这是一种浓情；"先天下之忧而忧，后天下之乐而乐"，是一种责任担当；在大艺术家看来，担当宇宙，再造乾坤，是对情的更深层次的理解。

陈耀光，中国装饰学会副会长，在杭州设计界首屈一指，在全国设计界也占有一席之地。他是我哥哥的同学，在杭州韩美林艺术馆室内装修设计遭遇瓶颈的时候，我哥哥推荐了他。自从完成了杭州馆室内设计以后，陈耀光一发不可收拾，紧接着设计了北京馆一期、二期和银川馆，在设计北京馆一期的时候，由于犯了设计师张扬自我的通病，陈耀光遭到美林的"双规"。所谓美林的"双规"，便是"不理不睬"的"双不"政策，搞得陈耀光脸面扫地不说，还一头雾水，不知道接下来工作该如何开展。无论我如何周旋均无济于事，直至陈耀光写了十几页纸的反省信并交出了新的设计方案之后双方关系才破冰。我知道，美林喜欢的人，遭到他严厉批评过后一般会获得补偿，这不，在2008年陈耀光生日那天，美林给他画了二十八只老虎。估计耀光兄还在暗暗为这次"双规"窃喜呢。

"双规"

魔鬼训练

大冯写美林的口述史时,和美林进行了深入的交谈。一个大文学家和一个大艺术家的对话,经常会有"金句"蹦出来,比如谈到创作,美林说:"我的写生一直没有间断过,日常揣摩各种表情与神态是我'魔鬼训练'的一个重要内容,表情和神态,不仅人,动物也有,万事万物都有它们自己的表情,到了下笔作画时,这些就都用上了……"

玫瑰

　　国家博物馆原副馆长陈履生，曾是韩美林艺术基金会的理事之一。去年他生日在我们家度过，我事先去新光天地买了诺誓（Roseonly）玫瑰回来，哪知道这种牌子的玫瑰一生只能送一个人，也就是说，我用周建萍这个名字第一次买给了陈履生，下一次买就不能给别人了，美林听了以后稍稍有些醋意，我便赶紧将花给了孩子们，请她们送给陈馆长。另外，我还想着哪天去新光天地偷偷买通诺誓营业员，改一下赠送者名字呢。

捏背

　　江苏宜兴真是个风水宝地，那儿的泥土、那儿的空气、那儿的山泉烧制出来的紫砂壶价值连城，目前能报出名来的紫砂大师就一大串，首屈一指的当数汪寅仙大师。美林与汪寅仙合作的历史可以追溯到顾景舟时代，那个时候汪寅仙是顾老的学生，美林一共与顾老合作过六把紫砂壶。经过岁月的洗礼，目前这些壶都不在美林手里，其中一把1988年与顾老合作的"雨露天心壶"，2011年在嘉德香港拍卖会上拍得一千一百五十万港元。每次去宜兴丁山，汪寅仙大师总要来看望美林，他们时而还会合作一把。每次汪大师来看美林，总是觉得美林太辛苦，想多说几句关心的话还不如行动，便会出现汪大师给正在埋头刻壶的美林捏背的情景。

    2015年10月初,美林去巴黎联合国教科文组织总部接受"和平艺术家"的称号之前,先去了德国慕尼黑,计划接着去捷克,与当地艺术家合作琉璃作品,没想到,到了慕尼黑就开始发高烧,而且每天都是三十九摄氏度到四十摄氏度,这是我和美林结婚十五年以来从未有过的,尽管我带着两位大秘,但还是手足无措,因为连退烧药也不管用。也不知道是否有上帝,之后几天的欧洲两次重要活动、威尼斯东方大学演讲、巴黎联合国教科文组织接受使命,我们以为完成不了,美林却在这两个时刻奇迹般退烧,且谈笑风生状态良好,完事了便接着烧……回国后,美林被我们直接送进了协和,到了协和,也没怎么用药,体温迅速恢复到三十六摄氏度。

体温

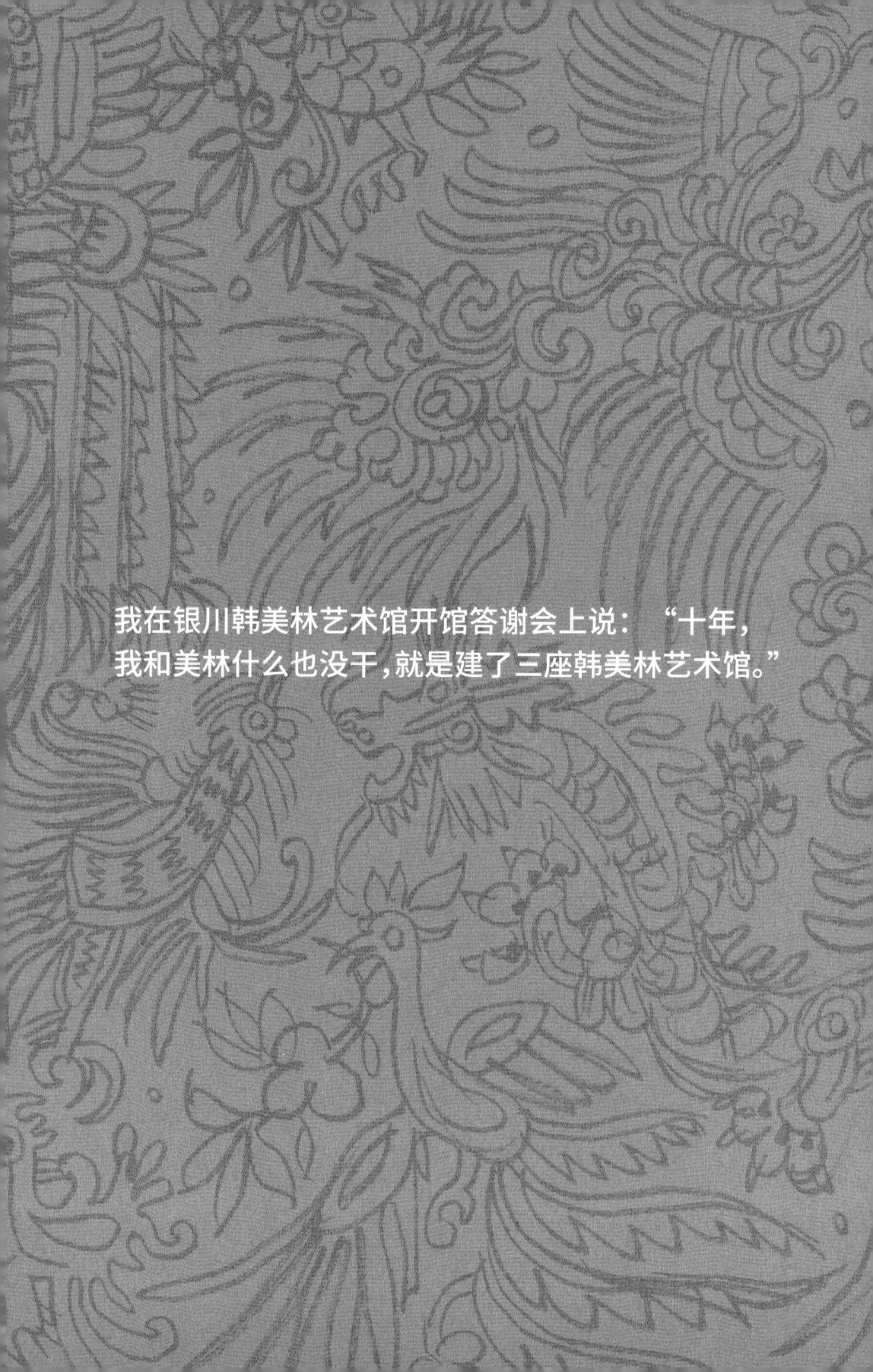

我在银川韩美林艺术馆开馆答谢会上说:"十年,我和美林什么也没干,就是建了三座韩美林艺术馆。"

娘子军

  2015 年 12 月 21 日，我在银川韩美林艺术馆开馆答谢会上说："十年，我和美林什么也没干，就是建了三座韩美林艺术馆。"当时因为要说的话很多，漏说了一句最重要的话，那就是："十年，我和美林培养了一个为艺术而奋斗的坚不可摧的团队，尤其是，我们的——娘子军。"

了然

  在我们心目中,儿子了然从小便是个聪明、善良、厚道的孩子,但从未想过,了然长大后在不需要家里支持的情况下,通过自主创业,取得了不俗的成绩。2016年3月12日是了然二十八岁的生日,美林一早起来给了然画了二十八张画以示祝贺,希望他在未来的创业中继续宠辱不惊,稳中求进,开创属于这一代人的美好未来。

温故纳新

　　纵览东、南、北、西四座韩美林艺术馆,尽管西馆和南馆年龄最小,但发现这两座馆的员工除了思维敏捷、接受力强外,更难能可贵的是,他们具有颠覆精神,他们中大多是90后和00后。看来,在我们事业的发展中,要关注温故纳新……

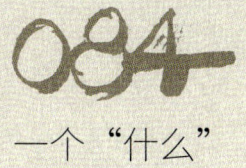

一个"什么"

美林这些年,画人体比较多,我觉得如果将他人体风格演变的创作脉络梳理一遍,那应该是有文章可做的。美林自己说:"人体是什么?我讲不好,但我认为,它是世界上最说不清、道不明的一个'什么'。"

2021春节前后,新冠肺炎疫情又有所抬头。为了响应国家就地过年的号召,我们忙着给员工家长发新春慰问信,请家长们放心:在这个特殊的春节,我们将抱团取暖,与孩子们一起度过。除夕夜,家里可谓爆满,我们在与家长们视频完、放完电子礼花后,大家一起吃榴梿,最后的节目应该是大伙儿吃完榴梿后集体看春晚,这时却怎么也找不到美林的踪影,原来没等大家吃完榴梿,美林已经被榴梿给熏跑了。美林说:"这叫榴梿不忘返,没等到忘便直接就返了,你们口味太重了。"

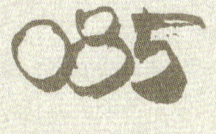

榴梿不忘返

憋尿后遗症

偶尔,美林会提出去济南会会老友,几小时车程也不远,但问题是美林有憋尿后遗症,途中我们几次路过服务区,美林宁可憋着也不愿意下车去洗手间,结果有一次出现了泌尿系统感染,医生说跟憋尿有很大关系。美林说,他憋尿的本领是他在监狱时养成的,那时一个监舍就一个马桶,那么多人,一会儿就满了。一次,有一个狱友憋不住了大叫,看管说没钥匙,憋着吧。结果第二天早上那人被尿憋坏了。

美林全球巡展的每一站我们都会邀请一些国内嘉宾前去见证，首尔展也不例外。在成功举行了展览开幕式后，嘉宾们通常会抽出一些时间带领我们的员工去当地的博物馆、美术馆连学带逛。首尔展期间，在我们下榻的新罗酒店边上，正好是一家热门免税店。嘉宾们吃完饭后便去那儿逛了逛。有的嘉宾买了一些奢侈品后嫌累赘将包装盒扔了，"内容"直接装入了他们的行李箱。其结果是，我们的员工为了勤俭节约，出现了许多爱马仕盒子载着我们的布展用品回国的景象，结果到了海关，这一大堆爱马仕盒子里的"破烂"，受到了海关人员的质疑。

爱马仕盒

陶瓷艺术大会

    这些年，我有幸见证了中国美术家协会陶瓷艺术委员会逐渐壮大的过程，见证了其光荣与梦想，见证了韩美林主任如"母鸡呵护小鸡"般率领着全体委员荣辱与共、披荆斩棘的历程。虽然美林是个不折不扣的书呆子，但他在工作中所表现出的果断作风、在专业上执着的精神、在团队中亲民的姿态，让他培养了一支凝聚力、战斗力超强的队伍，成绩斐然。

梅葆玖

  梅葆玖先生突然昏迷到离世的那段时间，我们大家心里都很焦虑，盼望奇迹出现。平时特别注重养生的梅先生走得实在太突然，令人无法接受。记得 2014 年 7 月卢燕老师带着梅先生来我们家时大家还谈笑风生，我还感慨岁月的厚爱，因为在他们身上竟然看不出岁月的痕迹！2014 年年底，我们和梅先生再一次在保利剧院相逢，与他一起欣赏赖声川导演、卢燕老师主演的话剧《如梦之梦》。真没想到，梅先生外出吃一顿饭的工夫就会发病！之后，我一直叮咛美林，平时一定要听话，走路一定要小心。创作不能玩命，要对人民负责，对民族负责，对所有爱他的人负责。

金不换

  2014年美林招收了清华大学的一个金属艺术专业的博士生，研究跨界设计与综合视觉表现，可能是因为第一年基础课比较多，他来得少了，期末送来一些需要导师签字的作业和评定，美林坚决不签字并希望学校开除他，这在一定程度上也表现出美林对当前教育制度的不满。这事起先我没重视，后来清华大学校长来时美林又提到了此事，我想大事不好，马上去看了一下他的材料，尤其看到了他给导师写的一封检讨信，让我夜不能寐，他写道："学生来自农村，家境贫寒，一路走来深受诸多老师帮扶，深知师恩如山！笃信一日为师终身为父的道理，韩老师对我的恩惠，学生终生不忘！无论前路如何，学生对老师终怀感恩之心！"此外，我还了解到，作为独子的他为了治疗妈妈的肾病，四处奔走求人，如果学业再被终止，前途有多渺茫，于是我跟秘书做了一次沟通，我们"里应外合"地说服了美林留下了他。目前他已经融入了我们的大家庭，进步神速。送上美林最近对他七个字的评价："浪子回头金不换。"

  对于奢侈品，美林不怎么感兴趣，有的奢侈品他觉得设计较媚俗。但对于日本的三宅一生这一品牌，他是持欣赏态度的，他觉得三宅一生在做学问，该品牌最大的成功在于设计，其次是面料和色彩上的突破。现实中的三宅一生先生比美林小两岁，目前是世界审美趋势的领头雁。由此可见，积累是多么重要，比如，毕加索、马蒂斯也是接近八十岁时才在创作上达到自由、忘我、不痛苦的境界。

三宅一生

艺寿延年

　　美林的朋友遍天下，这些老友见证了美林不同时期的人生。老友杨龙春节发来微信："时也，命也，运也。人生的轨迹循环渐进。大哥五岁写书法，十二岁参军，接着学雕塑，然后考进中央美术学院，'文化大革命'时期受迫害，遭受非人待遇，手筋、脚筋被割断，大哥以顽强的意志、坚定不移的信念，从人生的低谷（时穷见节），以昂扬向上的精神对人生，对艺术孜孜不倦地追求（苦行），为祖国留下宝贵的精神财富和有价值的（神鬼造化）的艺术作品。人生苦短，岁月如梭，衷心祝愿大哥艺寿延年。"

　　12月26日是美林的生日，他却总不愿意在这个日子过生日，我们也总是变着法儿给他过，比如说，借着馆庆的名啊，比如说，借着给馆里12月出生的员工一起聚会的名啊，等等。美林不愿意在这天过生日，其中一个重要原因是，监狱对他实施假枪毙的那一天正是1970年12月26日，他三十四岁生日。

12月26日

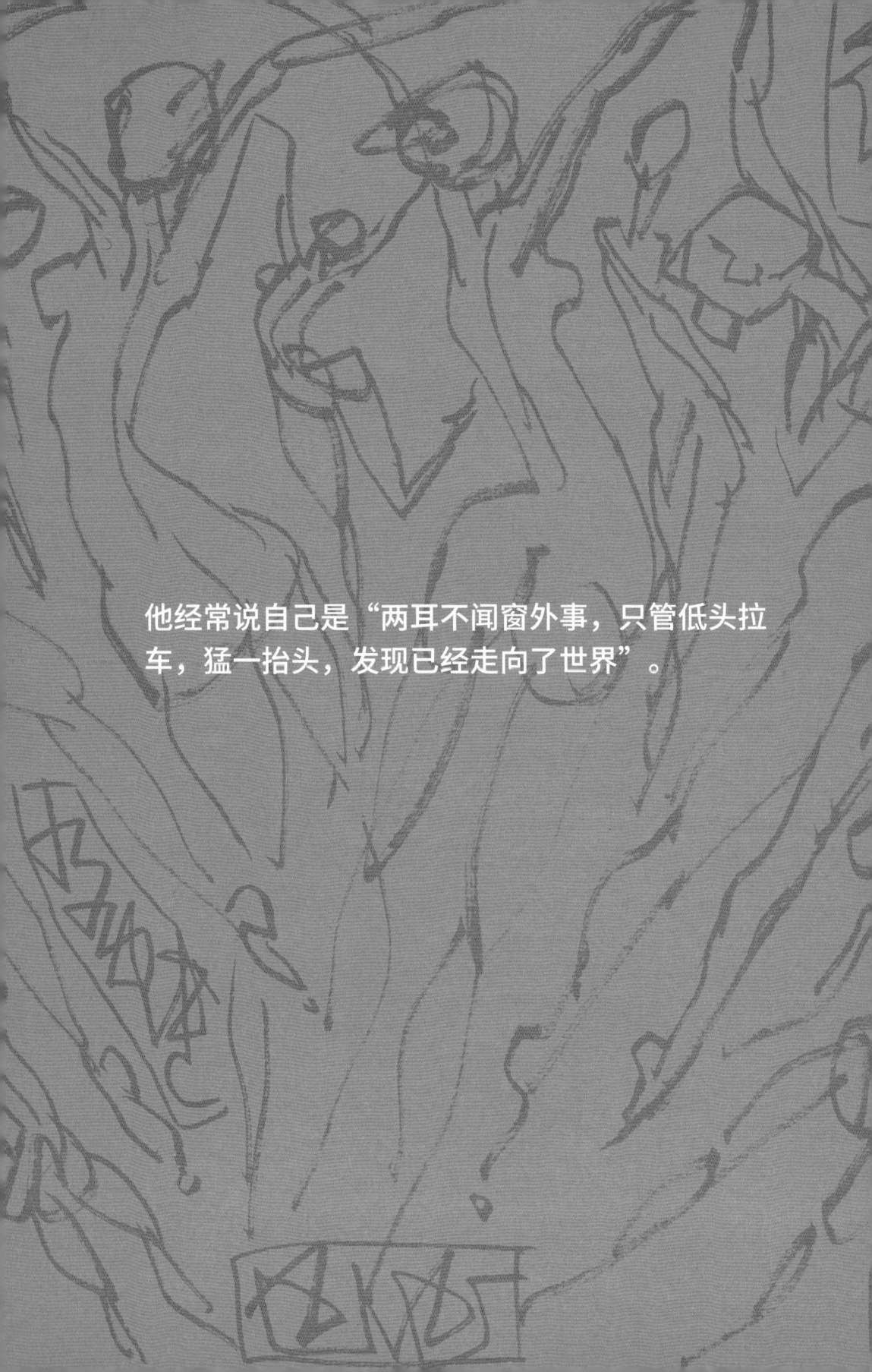

他经常说自己是"两耳不闻窗外事,只管低头拉车,猛一抬头,发现已经走向了世界"。

贝多芬说:"总是有人告诉我,我的音乐哪个地方是创新,可我自己从来不知道。"其实真正的创新不是刻意追求来的,它是天赋、才华所积累的能量自然爆发的结果。美林也有同样的感慨,他经常说自己是"两耳不闻窗外事,只管低头拉车,猛一抬头,发现已经走向了世界"。

低头拉车

奖励

北馆 2015 年招收了一位气质美女——教育学硕士姬明星，经过几年的培养，如今的她，正如她的名字，从北馆的明星导视员到如今宣传部部长。工作之余，姬明星酷爱烘焙，每每下班回宿舍，各种香味总能从她屋里飘出，令人垂涎三尺——美林一高兴把姬明星叫来，给了烘焙经费。他对员工奖励一般只停留在三种方式上：其一吃饭，其二给钱，其三给画。

杭州女儿

　　二十年前当我做"北漂"时，便暗下决心，要严以律己努力彰显杭州女人的魅力，每每得到朋友们的夸奖时，我总是说："我在杭州女孩中算是差的。"比如说，我看着从小长大、目前是国内最有名的电视剧制片人之一的黄澜，就是杭州女儿的代表。与我们这些前辈比，她们这一代除了保留了杭州女孩的优良基因外，与生俱来的文化传承、海外留学的背景及知识结构、适逢其时的时代舞台，成就了她们如今更多精神层面的超越，她们对社会、对自己的认知非常独到和准确，这在黄澜担任点评嘉宾的《非诚勿扰》中可见一斑。真后生可畏也！

随时来

　　2016年6月1日，我们捐赠给通州育才学校一间美林教室，上午去参加该校庆六一活动，看完孩子们表演的节目，美林给孩子们讲话："孩子们，你们中有些妈妈可能不那么称职，如果她们一味宠爱你们，那是不对的，这样下去，你们是没有前途的。另外喜欢美术的孩子，光画画不行，必须脚踩文学、头顶音乐。我们是邻居，你们下了课随时到我这儿来玩儿！我家要纸有纸，要画有画，要音乐有音乐，还有很多吃的呢——随时来。"

如今,我除了上有老下有小,辅佐美林的事业,提升四座韩美林艺术馆在国内外的美誉度,拓展韩美林艺术基金会的公益领域,还要对那么多员工负责,感觉自身压力不小。所以,每天哪怕再忙,我也要抽出时间去公园跑个步放飞下自我,因为要游刃有余地做到单位和家庭两者之间的角色互换,除了胸怀、定力,更需要体力。

放飞自我

父亲

2016年父亲节，大儿子了然给爸爸送了一个BRAUN（博朗）刮胡刀。记得十年前，儿子十八岁生日那天，美林也送他了一个BRAUN（博朗）刮胡刀，祝贺他成人。一晃十年过去了，真是弹指一挥间。两个男人，两个刮胡刀，男人们用自己的语言传递着彼此的爱。父亲，在儿子一生中的地位尤其重要。

中国的书画真是博大精深。美林经常跟我说,从运气方面来讲,西方绘画是吐气,而东方绘画是提气!最神奇的莫过于中国的毛笔,提笔运气,吐故纳新,跟着心的呼唤,美好的作品应运而生!

吐气与提气

败类

　　"真假不保"是当前中国拍卖公司一个不争的事实,因为他们不需要承担假画带来的法律责任,所以肆无忌惮。韩美林艺术基金会成立以来一直在做维权方面的工作,而且成绩斐然。大部分拍卖公司得知是赝品时会同意撤拍,但也有个别的公司坚决不撤,比如,前段时间杭州有一家拍卖公司不愿意撤拍,气得韩美林在假画上怒笔批注:"丑的能拿出来卖钱?人间尚存厚皮,一生苦水栽在这些人手里!我没有气,我气的是那些编了一生草鞋,七十多万买了两张假画,在我们馆大厅哭得死去活来的人民(大爷大婶)。人民培养了我,最后却养了这些败类!"

祈祷

一日,杭州韩美林艺术馆转来了一位杭州粉丝用整张大红纸写的信。信是这样开头的:"我的童年佬—韩美林大师(半个杭州人),你比我厉害,因为你的生日与毛泽东主席同一天(12月26日),我的生日(农历五月十七日)是杭州古代的吴山城隍菩萨的生日……"

信的结尾写道:"我们到地球上一转,要珍惜生命,让我把灵隐寺木鱼大方丈临走时讲的'动以养身,静以养心,体不过劳,心不轻动'送给您,请您不要'过劳'!好吗?我独自一人向佛祈祷,让我的第一百零三位善知识—韩美林,活到一百五十岁!"

息肉和牛肉

  2000年年末，美林大病一场，以为将赴阎王府了。他想到自己艺术上正处在黄金年龄段，心中不是滋味，很伤心。当时我们俩尚处爱情的朦胧期，美林尽管难受，但还是天天逗我高兴。本来我是因为嗓子里长了息肉来北京做手术的，没想到给我推荐医院的美林却因心梗住院了。一天，医生来查房，挺幽默，先佯装问我："你哪里不好啊？"我用手摸摸自己的脖子："我这里长了两块息肉。"接着，医生转入正题，问美林："你哪里不舒服啊？"他也用手摸摸自己的脖子："我这里长了两块牛肉。"

唱歌

美林有很多文艺界的朋友，除了美术，电影、音乐、话剧界等朋友也不少。自小就喜欢表演的美林，只因在身体发育阶段习武，经常举哑铃，结果影响了身高，他的哥哥和弟弟都比他高出一截儿。年轻时，美林还演过话剧《雷雨》中的周冲。美林的歌也唱得好，再高再难的音也难不倒他，从不走调。家里人颇有耳福，因为美林经常给我们唱歌。有一天午后，书房突然传来浑厚悠扬的歌声："小脏脸，没洗脸。男的不洗脸，女的不梳头，各自奔前程……"弄得90后秘书一头雾水："这又是啥歌？"美林如数家珍地说："电影《渔家女》插曲，演唱——周璇，主演——周璇、顾也鲁。"

平安是福

　　2021年底,尽管新冠肺炎疫情仍然肆虐全球,但我们的巡展工作没有停止。在安徽美术馆布展时,美林的一把紫砂壶杰作不慎被打碎了!员工们都知道"壶小乾坤大,一壶一世界",这是韩老师的心血力作,大家心里很自责,也很忐忑。当时,我问美林:"心疼吗?"他说:"还好,我'孩子'多,没关系!在现在这样的非常时期,只要大家平安就好,别的都无所谓。"

给点希望

　　我和美林都喜欢交朋友,在我们认识的朋友当中,也有一部分政府官员,其中有个别官员因为触犯法律被判了刑。过年的时候,我们经常接到他们的来信,诉说思念之苦。每次接到他们的来信,我也会代表美林给他们回信,因为我知道,我们与他们没有利益关系,除了家庭以外,或许我们是他们与外界联系的为数不多的朋友,这点希望,不能让它破灭了。

"更"字上的功夫

　　十几年来,我掌握了对付美林的一个窍门,那就是:他热情,你比他更热情;他大方,你比他更大方。关键词就是一个"更"字。所以,我们家客人来前基本会问我在不在。我要是不在,他们知道,除了"更"达不到不说,美林又是情绪化的人,高兴起来特高兴拉着客人聊天不让走,不高兴起来埋头画画不理人。有时朋友突然来了,美林会说:"我们一家之主、一家之玉、一家之女不在。"别人会说:"那,那下次再来。"他们明白,我要是在,或许还能蹭顿饭,喝上几杯五十年茅台。

2001年1月14日，美林在阜外医院做心血管造影手术过程中，血管意外撕裂一半，生命垂危。在急诊搭桥手术的过程中，手术室送出了两次病危通知单，当时我与美林单位的领导和美林的弟弟在医院守候，因为涉及不少费用，我问家里保姆兼会计小勤："工作室账上还有多少钱？"因为我知道美林本人那时候一贫如洗。只记得小勤当时告诉我还剩三千元，我问："怎么这么点？"小勤说："很多雕塑钱收不回来，还有一些工作室学生借走的钱没还。"那时候，美林还没有享受部级医疗待遇，怕医院有急用，有些费用应该是自费的，我就让小勤先将借出去的钱要回来，结果一分钱也没要回来。等美林康复了我告诉了他这件事，他只说了五个字："时乱见忠奸。"

时乱见忠奸

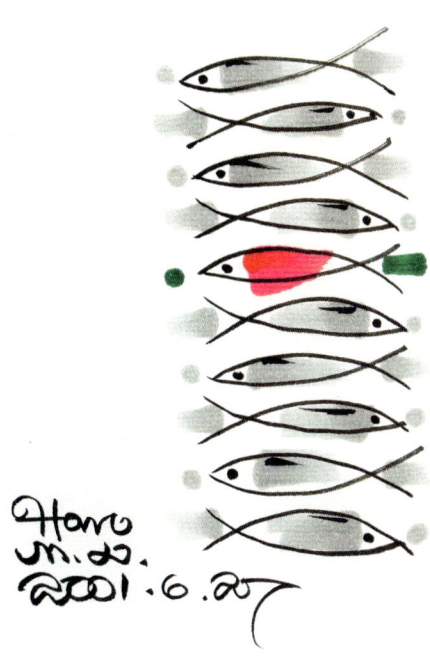

美林的书法

　　五岁便开始练颜鲁公书法的美林,直到七十岁才敢将自己的字拿出来。黄苗子去世前说,等到自己身体好了,一定要临摹美林的狂草。冯其庸老先生写文章说韩美林是当今书法第一人。希望美林戒骄戒躁,继续前行。

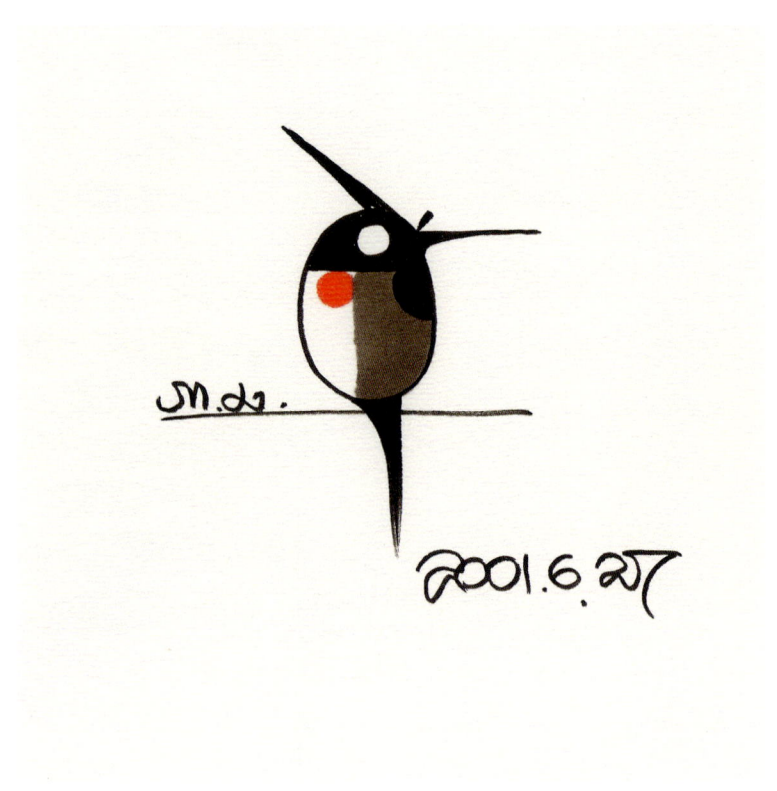

朱报春

"朱报春"这个名字说来有意思,我是在美林的第三任夫人李小丁留下的通信录上知道这个大名的,之所以重视,其一因为他排在通信录的第一位,其二是名字后面写了"杭州"两个字。朱书记做人严谨,为人厚道,愿意为百姓办事。有一次,朱书记出差来北京到王府井的家看望我们,亲眼见到一部队军官来我们家为首长索画时被美林拒绝的情景。从那以后,朱书记似乎对美林有了更深层的认识。人以群分,物以类聚,后来我们成了莫逆之交。

111 "太缺好男人"

有一句话用在我们这些年事业的打拼上应该比较合适，那就是："只要想得到就做得到！"陈管家跟了我们二十年，她说："每次周老师语出惊人说要做一件宏伟大业时，我都不太相信且为她捏把汗，但她总能顶着压力、咬紧牙关努力地去完成，包括三地建馆，久而久之，我就不怀疑她了，大家埋头拉车去做就是。"但我以为该怀疑的还是要怀疑，比如，我也存在意愿与能力不可控的事——北馆女孩的婚事。姑娘们来的时候基本上都是应届本科或者应届硕士，犹如出水芙蓉，十年过去了，如今全奔三了，眼见着花儿一朵朵地谢去，我和美林也开始焦虑了，怎么向人家父母交代？韩美林（国际）婚姻介绍所也成立了，各种相亲联谊会也开了，单独配对也做了，孟非也来传授秘籍了——但她们依旧单着！我说："你们是不是以韩美林、冯骥才、白岩松这样的男性标准在找对象啊？如果是，我愿意让贤，但即便让了也只能照顾一个啊。"最后，美林得出结论："当今社会太缺好男人。"

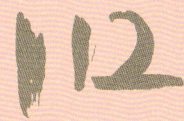

112 幸福拾贝

2001年我写完文章《幸福万岁》后便毅然决然地北上嫁给了美林。那时候，我是个懵懂的傻姑娘，以为前途一片光明，但日子过着过着怎么觉得好累、好辛苦！不说别的，光处理好前任、孩子、朋友、领导、学生、好人、坏人等关系就难上加难，曾几何时，我开始怀疑自己，到了第八年，终于柳暗花明。于是，我又写了一篇《幸福修行》。如今，重新审视自己并调整内心格局的我，该写些什么？我想，无论写什么，反正这二十年，我用了洪荒之力捍卫了我们的爱情。

113

足

美林去足浴时,我因要处理家里很多事,总是没时间去,他足浴回来总是愿意给我捏脚,我则经常挖苦地说些"你这些年洗脚店学费没白交啦""你以后不会失业啦"之类冷嘲热讽的话,他知道这是在跟他开玩笑也不在意。记得他说过一个故事把我给笑喷了:民国年间,一个叫辜鸿铭的大学者兼翻译家,他有个嗜好,喜欢臭脚。一天去朋友家看上了朋友的臭脚妹妹,决定纳为妾,新婚之夜,新娘子洗得干干净净入了洞房,没想到因为脚不臭了,被辜鸿铭给休了。

我爸爸比美林大两岁,我妈妈比美林小两岁,然而这一点不影响美林叫爸爸、妈妈。虽然我在结婚前只说服了我爸爸同意这门婚事,但这不影响我妈妈日后喜欢美林。因为我们的生活有事实、有真相。巧合的是,美林是在 2001 年小年夜前一天做了心脏搭桥手术,而爸爸也是在 2004 年小年夜前一天做的心脏搭桥手术,他们都搭了四根桥,并且均是因为支架不成功才做的搭桥手术。美林问我:"是不是有上帝?"

父母

真藏真情

　　自韩美林艺术基金会成立以后，为了打假，我们成立了一个"真藏之家"，免费为爱好者鉴定美林作品的真伪。现在外面充斥的美林的字画百分之八十以上都是假的，包括拍卖公司的。中国的拍卖公司恐怕是全世界最天马行空的公司，因为他们不保真假。有一天，一位老大爷在展厅里痛哭流涕，他编了一辈子草鞋，花七十多万元买了两幅美林的画，刚刚被鉴定为赝品！其实，来我们这儿鉴定完了大喜大悲的大有人在，正好那天美林去车间路过展厅看到这位大爷，于是美林将他带回家，说："别哭了，大爷。你也不容易。这样吧！我给你画张真的。"

扫墓

  我最怕清明节陪美林去上海松江天马山公墓为妈妈扫墓，去一次美林痛哭一次，去一次长跪不起一次。美林两岁丧父，三兄弟均是由奶奶和母亲一手带大。我知道，他一定觉得自己亏欠母亲太多太多。但我想告诉美林，请你相信，慈母之爱永垂于世。

117
奥运

我曾经写过一篇文章《嫁给美林等于嫁给了奥运》。从2001年设计申奥标志到2004年设计北京奥运吉祥物福娃，长达八年"抗战"，终于在2008年北京奥运会成功举办而告一段落。但因奥运结下的友谊是永恒的，比如，韩美林、姚明、常昊、杨利伟、白岩松，这五人组火炬手自2008年8月6日从天安门城楼下传递火炬，友谊不断延续。2012年7月20日，火炬手们齐聚韩府，那几天家里正好有别的客人，为了让他们更尽兴，我带着客人们出去吃饭，等我们回来，发现白岩松搂着美林几乎是半躺在家门口的草地上，回家一看，发现原本客厅的"U"字形沙发一字排开，姚明"不省人事"地躺在上面，估计已经断片了。唯有杨利伟和常昊保持清醒，据说杨利伟酒量大，常昊斯文没喝多少。翌日凌晨，姚明醒了以后悄悄地走了。从此成就了一段"后奥运"佳话。

流通

　　美林说,20 世纪 50 年代河南省任丘县应举社公社书记懂得如何让资金流动,他将公社赚来的钱一半分给村民,一半留在合作社。接着,合作社置办了很多村民的必需品,村民便去合作社消费,这样资金就流转起来了。用这种滚雪球的方法很快将公社的经济带动起来了。那个时候的人没啥文化却有这个觉悟,真是了不起。当今的企业家同样也不要老想着从别人口袋里捞钱,要常给别人口袋里放钱,因为市场需要流通,在流通中赚钱,周而复始。资金就如血液。企业家要搞实体经济,不要买空,那是犯罪。

《马》上墙，《鸡》回库

  谁都知道，美林是一个思维跳跃、做事随意、行事利索的人。比如，一张马挂在我们家餐厅里十几年了，某一天，他突然跟秘书说："这匹马的马腿画得不好，拿下来我改一下。"秘书开始拆画框，准备将画拿到裱画师傅那儿抠马腿时，被我叫停，我对美林说："画得再差也是历史，况且这幅画的版权已经登记了。"还有一次，为了画鸡，他让秘书从库房取出一幅早期的鸡做参考，打那以后，不知怎么回事，家里、馆里诸事不利，我突然想到是否因为马和鸡的原因？于是，我赶紧告诉美林。第二天一早，美林很爷们地告诉我："《马》上墙了，《鸡》关回地库了。"

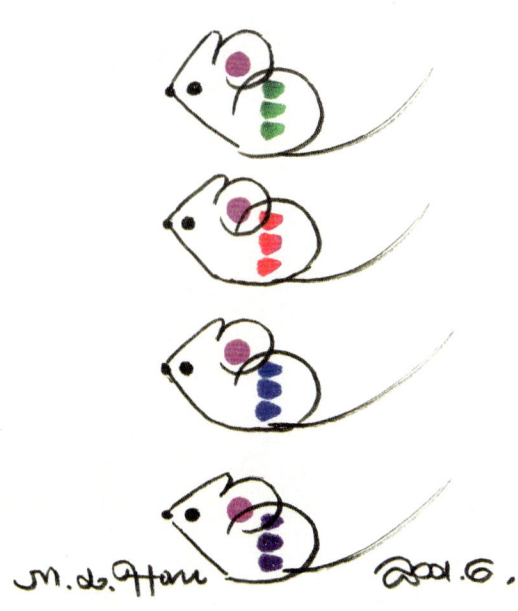

　　1960年10月，美林毕业留校当助教后被学校派到广交会布置食品馆。那时正赶上"三年自然灾害"，大家都特别饿，美林想了个馊主意，晚上带着同学们去食品馆，他安排长得最秀气的女同学罗真如在门口站岗，自己用钥匙打开食品馆的门，假装带着同学去布置，便开始大把大把地将糖装进口袋，直到口袋快撑爆后出去。他先将糖发给外面守候多时的同学陈汉民，此时陈汉民已经饿得两眼冒金星，他迅速将糖塞进嘴里，可立马又吐了出来，发现里面根本不是糖，是木头块！美林一脸尴尬地央求罗真如继续放哨，将"糖"又全部放了回去。

糖块事件

咖啡渣

  1960年10月广交会期间，遇上"三年自然灾害"，大家好饿，从越秀区一家咖啡馆的橱窗里看到咖啡和精致的小饼干样品，大家吵着去喝咖啡。可能咖啡馆为了显示他们的咖啡是现磨的，当咖啡端上来的时候，每人还配了一碟咖啡渣子，就像广东人喝靓汤，会将汤的"内容"端上来差不多。美林同学袁迈请上海同学陈汉民先尝尝那渣子，陈汉民小吃了一口，没品出味来，袁迈便一下将渣子吃了！哈尔滨进修的曹老师也是个土包子，开始用勺子吃起来，美林更不用说，穷孩子出身，尽管渣子很苦很涩，也吃了个精光！这时，服务员过来问："你们的咖啡渣子呢？"大家异口同声："吃啦！"

酵母

美林刚毕业,与四个同学去上海,看到南京路上排着很长的队,探头一看,原来一个卖冰棍的箱子上摆了一些粉色的方块。他们好奇地排着队,轮到他们时每人也买了一块,本以为是点心,原来是酵母。

123

陈圣谋请客

美林有一个同学叫陈圣谋，江西人，是家中独子。那时候美术学院的学生一个班不到十个人，大二开始，大家都有点外快，于是轮流请吃饭。美林是有名的土财主，他从大一开始就为报社画插图，为杂志配画等，偶尔一次稿费有四百元之多，相当于别人好几个月工资！加之美林原本就大方，请客当然阔绰，大家可以随便点。而轮到陈圣谋请客时，他给人感觉也很大方，但他基本上点的菜偏咸，比如，榨菜炒肉丝配上一大盘馒头等，等大家吃到打饱嗝了，他问大家："都吃饱了吗？"大家说："吃饱了！"他说："我还没吃呢！服务员，给我来一盘红烧肉。"

124

皮鞋

大学五年，美林一直睡上铺。有一天，他下铺的两位同学吵架将美林吵醒，原来是郭存田和华侨邱有元打起来了。美林一听，明白了起因：那是郭存田别有用心，放假故意晚走一天，等大家都回家了，他将大家行李翻了一遍，发现邱有元箱子里有一双崭新的皮鞋，于是堂而皇之地穿上回了老家张家口，开学时他又故意提前一天回来，将鞋再悄悄地放了回去，可当邱有元回来打开箱子发现自己的鞋已经被蹂躏得快报废了时，不用猜就知道是平时最爱占便宜的郭存田干的。于是，两人剑拔弩张起来了。郭存田还理直气壮地说："我算对得起你了，回来就给你打上皮鞋油了，你看皮鞋不是锃亮的吗？"邱有元把皮鞋扔到存田的脸上说："还锃亮呢！皮鞋底都快磨穿了。"没想鞋扔过去飞到了美林的上铺砸到了美林。于是，美林下来劝架说："老郭，你想穿别人的皮鞋回老家嘚瑟，也得提前打个招呼呀！"又跟有元说，"老邱，既然皮鞋给你穿烂了就算了吧，在北京也买不到。"又跟他俩说，"我这劝架也惹了一身臊，刚才皮鞋都砸在我头上了。"

点、线、面

美林常说,音乐不就是1、2、3、4、5、6、7七个音符,但它们能创作出一大批经典音乐,而绘画也只有点、线、面三个元素,但它们也能创造出伟大的作品。

美林两岁丧父，三兄弟由奶奶和妈妈含辛茹苦地养大，哥哥比美林大两岁，弟弟比美林小两岁。五岁的时候，他与哥哥去附近的庙里玩儿，名叫深城的老和尚对美林哥哥说："你是上床就认老婆孩，下床就认袜子鞋。"看到美林说，"这个孩子不得了，额眼明亮，将来肯定有出息。你是金手银胳膊，能挣能哆嗦。"

预言

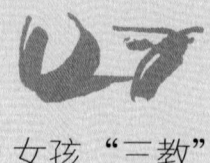

女孩"三教"

美林最爱做的事就是带员工们（我们这儿向来是阴盛阳衰）出去吃饭，他对女员工的教导是：第一，看到吃的不馋；第二，把钱看淡；第三，上天入地什么都尝试一下。

美林从日本买回来关于色彩的书，想着送给中国美术学院的宋建明副院长，宋建明曾经是美林的学生，在色彩研究上颇有建树。可美林题写名字时一不小心将"建明"写成了"建民"，只能把写错的这一页撕了下来，但残余的边不好看，正好手头有花布的复印稿，美林就巧妙地剪了一条花布的边粘在书上，完全看不出人为的痕迹。于是，他得意地让秘书寄出。

题错之后

129
论文化的重要性

  2020 年,凤凰卫视首席评论员阮次山去世。生前,《人物》记者曾采访他:"如果去面见马克思,聊些什么?他回答:我觉得我要去跟马克思见面,还不如跟毛主席见面。如果见到,我会问他,你能不能在地下有知,把中华文化复兴起来,中国现在缺的不是物质,而是文明,这个文明是我们中华民族最后能不能生存的依赖……"美林也经常说,一个国家的兴亡从文化开始,但要灭掉一个国家也是从文化开始,你不了解自己的国家,不了解自己国家的历史,不懂得荣辱,把握不住做人的方向和准则,那么,就正中侵略者下怀。自鸦片战争与英国政府签署了丧权辱国的《南京条约》,便揭开了中国近代的一部屈辱史。

    1999年，女足在美国世界杯打了胜仗，举国沸腾！美林接到国家体委的电话："美林，你平常对女足挺关心的，能给女足画一张画表示祝贺吗？"美林问："画好了送到中国足协吗？"对方说："是啊。"美林说："我想送到她们每个人手里。"对方说："不行，他们有二十来个人呢！"美林说："那我就画二十来张。"结果连他们随行队医、教练的都画了，连夜赶出了二十八张画。翌日装好画框，美林一夜未睡亲自送给了女足。美林在发言时说："我代表中国人民啦啦队说几句话，尽管中国历来有重男轻女的传统，但中国女足给我们带来这么大的荣誉，我们应该给她们鼓劲！"

女足

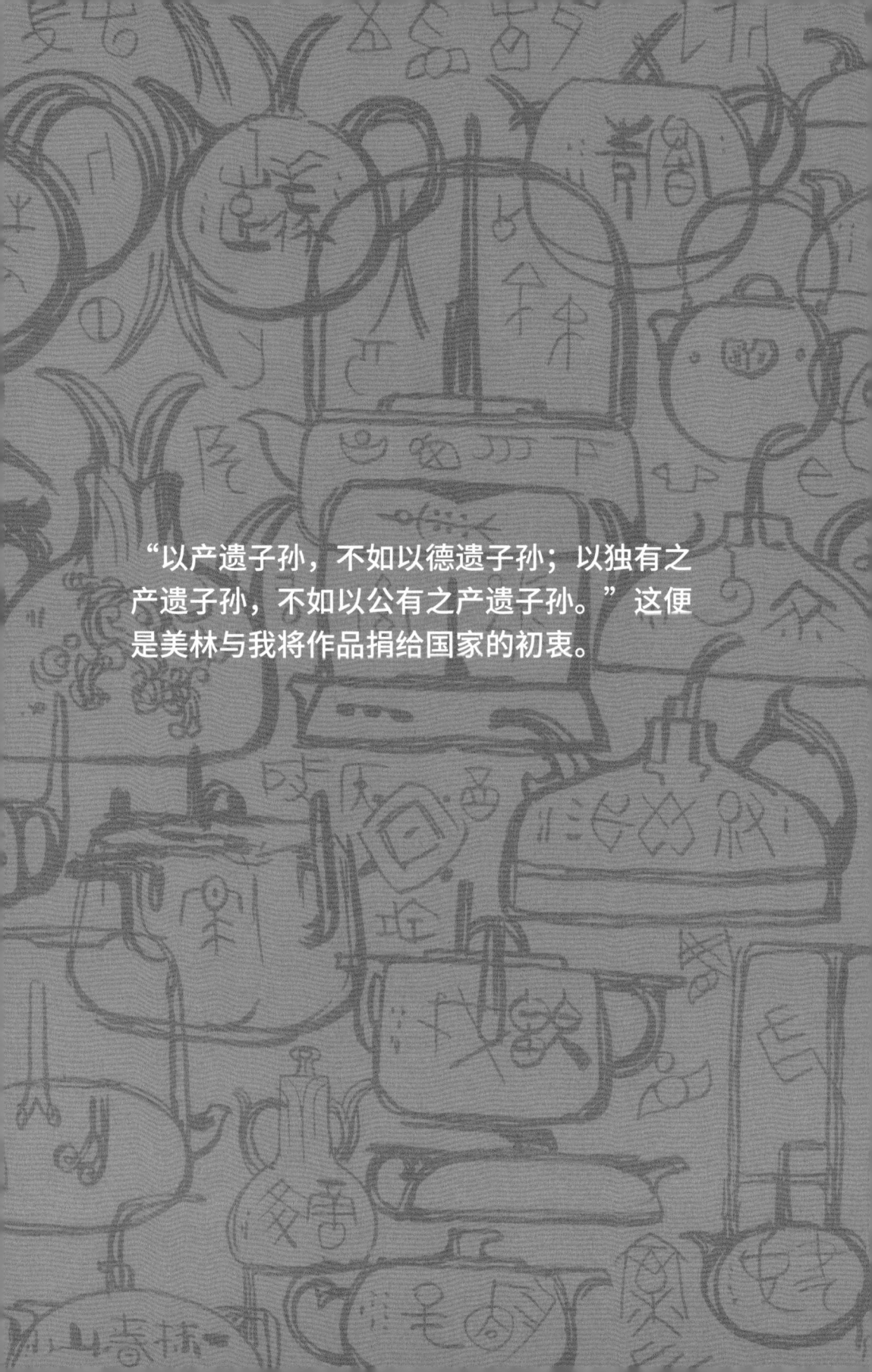

"以产遗子孙，不如以德遗子孙；以独有之产遗子孙，不如以公有之产遗子孙。"这便是美林与我将作品捐给国家的初衷。

"以产遗子孙,不如以德遗子孙;以独有之产遗子孙,不如以公有之产遗子孙。"这便是美林与我将作品捐给国家的初衷。所以,十多年来,我们将几千件作品捐给国家,在全国范围内建立了四座韩美林艺术馆,寄希望于子孙秉承父辈的天赋,发扬父辈的勤勉精神,创造出属于自己的辉煌;将作品作为文化遗产留给后人,寄希望于几百年,甚至几千年后,我们的后人去研究璀璨的中华文明。

初衷

人间

　　1972年11月7日，在监狱里待了一千六百多天的美林终于走出了洞山一百号。出了监狱大门，一路上，见到卖冰棍的老太太，美林心想：你太有福气了，冰棍多甜啊。见到卖布的售货员，心想：你真幸福，布有多美啊。见到骑自行车的小伙子，心想：你真惬意，车上驮着的姑娘多漂亮啊，她两条辫子上的蝴蝶结在风里跳舞……美林坐上了一辆公共汽车，好久没坐汽车了啊，他感觉到了天堂，从地狱回到了人间！

常态

  2016年美林开始全球巡展，先后在意大利威尼斯、法国巴黎、列支敦士登、韩国首尔、泰国曼谷等地成功举办了韩美林艺术大展，大家都忙得不亦乐乎，很多场景令人难忘。不过，特别有意思的是，每当我想起全球巡展，我的脑子里总是出现这样一个画面：美林的两个博士生，一个蹲在地上做设计，一个用擦车布兜着电脑，一脸茫然地进门准备换班……我一直不明白为什么会对这个画面印象深刻，直到有一天和美林聊起此事，美林说了"沙场点兵"四个字，让我茅塞顿开。而此情此景，对于我们来说，是常态，所以，我们一直走在希望的田野上。

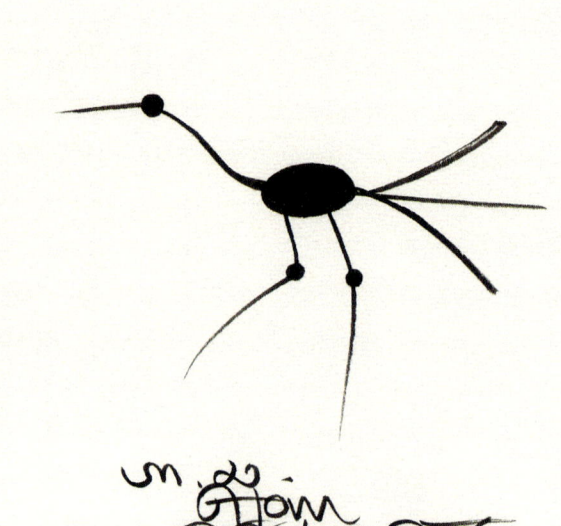

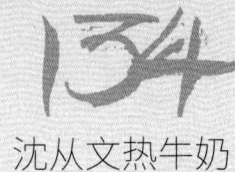
沈从文热牛奶

　　大学期间,韩美林在学生会当秘书,经常协助院里组织各种讲座。某天,来开讲的是沈从文先生。当时沈先生在故宫博物院工作,大名是很响的。对这样有学问、写得一手好文章的先生,美林当然是敬仰又渴望接近的。难得的是,先生见到他,也颇喜欢。一段时间内,两人有过多次接触。沈从文先生看出美林对艺术的痴迷,一天,就"投其所好"地招待他,给他打开了博物院的一间库房,里面都是奇珍异宝,一般人可见不着。美林的眼睛不够用了!大饱眼福的美林不由得领悟到:尽管,当时学院里流行的是留洋,自己要像沈先生一样,走一条"留中留民"之路。两人很久以后的又一次见面,是在"文革"刚结束后。沧桑后的相逢,尤其忘情。美林到沈从文先生家拜访,先生亲自下厨给他热了一杯牛奶。在当时,牛奶是稀罕东西。牛奶在厨房热着,两人就在书房聊着……忽然飘来煳味儿,两人这才醒来:"牛奶!"

　　美林在监狱里的时候,经常想,人家学马列主义,我怎么就学不了?我这么聪明,非学好不行。在监狱喇叭里听到马克思列宁主义的百科全书,美林一直想买这书,他把裤子卖了得了七毛二分钱,于是一次一次地申请,申请了六次,监狱所长每次都把申请条撕得粉碎,一位管理员知道后记在心里了,他买了书给美林扔了进来说:"韩美林,你家人送东西来了!"美林打开一看,是《反杜林论》。

《反杜林论》

| 147

136
私塾

美林五岁练字，怕孩子们玩野了，家里哪怕再穷，母亲也要拿出一块钱让美林与哥哥上私塾，那时私塾不是读古文，而是坐在那儿写字。美林家住在庙里，北屋是一个大殿，私塾就在这个大殿里，大殿里有观音菩萨，他们就在观音菩萨下面写字，小孩子坐不住，经常借口上厕所，去的路上拜下孔子，回来时再拜下观音。

六岁时,美林上的小学是西南正宗救济会小学,教导主任叫陈沛林,是个画画的。当时令美林印象深刻的是学校的校歌,歌词是"不要吵,也不要争,就求丰富的学识,图谋自立的本领,且忍耐暂时的痛苦,去发展伟大的前程……"这首校歌伴随着美林的童年,让当时饿着肚子的美林时刻想着要去发展伟大的前程。

童年校歌

李苦禅

  学工艺美术的美林后来在国画上发展，李苦禅对他影响很大。这得益于当时中央工艺美术学院的"U"形楼里有一个裱画室，那里有不少李苦禅的画，美林经常去，感觉天天置身在展览会里一样。裱画的崔师傅与美林挺要好，他们经常在一起聊天。1956年的一个下午，李苦禅也到裱画室，便有了两人的"邂逅"。当时，李苦禅不仅记住了工艺美术系这个聪明、好学的小个子学生，这一老一少还当场认了"山东老乡"，谈起了济南的大明湖和特色小吃甜沫儿。从此，美林便经常向穿着大褂抽着香烟的李苦禅先生讨教。

济南解放大概是 1948 年 8 月 15 日，美林十二岁，当时全家已经饿了很多天，多亏解放军送来了十斤黑豆，记得奶奶趴在地上给他们磕了三个响头。接着，母亲就送美林的哥哥参了军。全家算是军属后，妈妈给了美林和弟弟两元钱，让他们跟着部队炊事班班长去济南以西的芥河县赶集。尽管集市里到处都是好吃的，但两个懂事的孩子为了家里的口粮，决定只用两毛钱买两块糖，一元八角买九斤地瓜。没想到买好地瓜，却找不到炊事班班长了，两人就扛着一麻袋地瓜踏上了回程的路，三里地因为迷路走了二十多里，到家后他俩委屈地号啕大哭，因为一麻袋地瓜是好不容易用扛、背、抱的方法弄回来的。妈妈打开麻袋一看，哪里是地瓜，明明是地蛋（土豆），而且因为一路磨蹭，土豆皮已经全部没了。

地瓜还是地蛋

美林说在艺术上有时候需要有些绝招，比如，有一首印度尼西亚的歌，歌词大意是：她的丈夫死在战场上，她用老牛车把他拉回来。非常悲凉的一个故事。但是这首歌在和声的时候掺进了一个女低音，这个女低音可以说是噪音，非常折磨人的音，但如果没有这个噪音，人们听了全身就不会起鸡皮疙瘩、不会浑身发凉、不会淌眼泪，这一招成功了。在绘画上亦是，一个方法用不了的时候就用相反的方法，上不去的话就用下的方法，苍的太多就用韵的方法，连不上就用断的方法，虚不行用实，冷不行用暖。比如，画工厂冒白烟，你光用白色吗？不行，你必须掺点群青、掺点古蓝，那么烟会显得特别白。所以，艺术上有时候需要反证法。

绝招

正方反方

中央工艺美院当时有一个个子小小的叫程工的人，喜欢整人，后来去了轻工业部。有一次，他在院里组织辩论会，讨论美国原子弹的问题，让美林、大老金、宋浩霖三个人当反方，他们当正方。美林因为干什么事都认真，实实在在地当了回反方。美林说，假如说老美真的放了原子弹，那我们怎么怎么着……结果全部成了"反动分子"的"黑材料"入了档案。

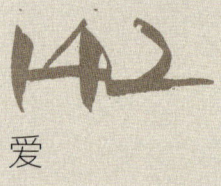

爱

  美林的作品里始终抓住一个字：爱。他说，最伟大的爱，莫过于母爱。这个地球上六十亿人中至少有三十亿人爱孩子，再加上十亿父爱，就有四十亿，相当伟大。这就是美林一直保持童心、童趣，保持对孩子、动物以及万物的爱的原因所在。

  "四人帮"被打倒以后,1979年6月黄永玉在中国美术馆办了首次个展,开了第一炮,紧接着是美林,开了第二炮。可以说,那些年不正常时期的封锁,人处在长期没有爱的情况下畸形地活着。美林的展览特别受欢迎,因为他把爱放进去了,把孩子放进去了。比如,含着眼泪的小狗"患难小友";比如,盘着尾巴的小狐狸"摇篮曲"等。

首展

精、气、神

美林说，精、气、神在中国书画中起到了很大的作用。比如，我们看两只鸽子貌似在打架，其实是公鸽子嘴对嘴将气传给母鸽子，母鸽子得了这个气以后才能生小鸽子。公鸡也是，大公鸡叼着母鸡的冠子踩在背上，也是把气传给母鸡，母鸡得了这个气以后，下的蛋才能孵出小鸡。所以，气很重要。写字、画画都需要运气，包括气功和习武，中国人讲究气，有了气才有精，有了精才有神。

美林记忆力超群，这得益于其父亲的真传，父亲曾经在济南五洲大药房做过店员，这是一家洋人经常光顾的药房，父亲不但药方倒背如流，英文也很流利，并且自学成才。美林说大学毕业后第一次到广州，与同学去勇汉路逛街（现在叫北京路），走过之处细节他全都记得住，比如，茶馆是什么样的，茶馆的炉子上有一个铁筒子，铁筒子上面放着双筷子，下面放了块肥皂，肥皂边还有个水龙头，对面一个老头在喝茶，紫砂壶嘴还掉了一块；隔壁是新华书店，字典是怎么摆的，书又是怎么摆的；隔壁是点心店，点心是怎么摆的，放的什么点心；再过去是卖铜和铁的铺子，里面的一些东西，都十分讲究……

记忆力

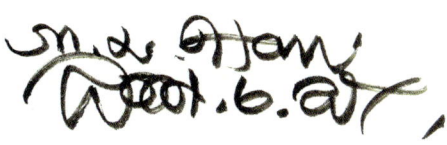

悲剧不是诉苦

绘画是生活不可或缺的一部分。达利说:"对于一个画家而言,画上的每一笔都蕴含着画家经历过的一个悲剧。"而人们看到美林每一笔的悲剧时,心里却是喜欢和舒服,是一种轻盈、柔韧、朴素、似曾相识而又久未遇着的淡淡惊,那是因为经历了创作者生命的过滤。美林说过:"我受了那么大苦,但是我的作品没有一件是诉苦的。"

美林在监狱里时，一个叫陶世良的转业军人对他特别关照。有一次，他借着带他出去看病的名义，偷偷将只剩三十六公斤体重且戴着手铐的美林带到一家百货公司后面的一间房子里。那里有美林的几个老朋友，他们准备了一桌子的菜，这对于一个听到"米"字淌口水、听到碗响都起鸡皮疙瘩的人来说是多么诱人，美林却什么也吃不下去，头一句就问："党中央和毛主席可来救我，党中央和毛主席可知道我的事啊？"

狱中奇遇

148
一包饼干

  从监狱里出来的那天，美林先买了一包饼干，由于四年零七个月喝稀饭、菜汤，他当时一点咀嚼能力也没有了，刚吃了一块饼干，便被扎得满嘴都是血泡，赶紧吐出来，一口血水中还掺杂了一颗牙，没办法只能吃稀的，慢慢地恢复。后来，第二人民医院的大夫告诉美林，他的胃长期以来萎缩，没有消化能力了，幸亏刚出来时吃的是饼干，要是吃大鱼大肉猛地一撑，就完了。

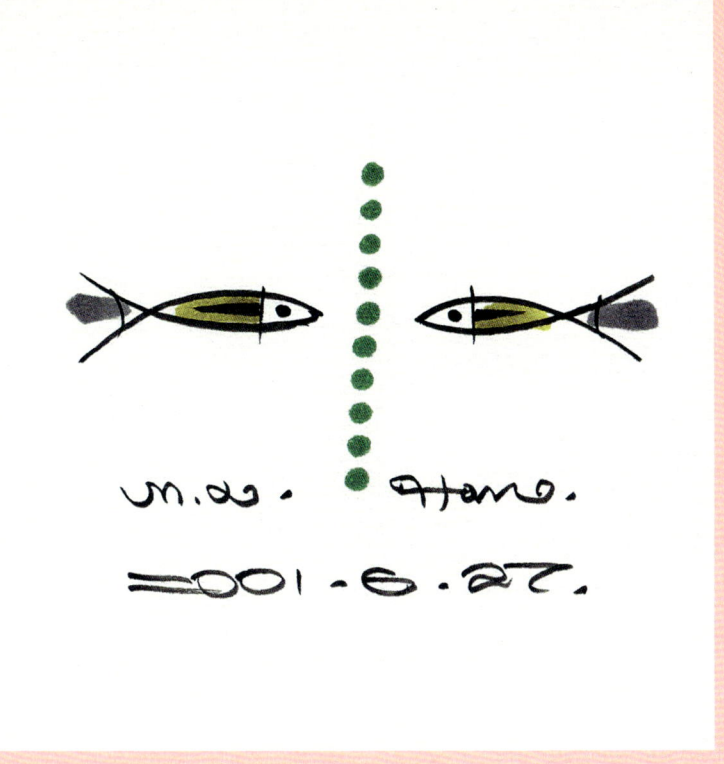

149
课堂上学不到的

生活中有很多偶然的事情。美林说，有一次他画骆驼，当画到胸膛的时候，一笔下去毛跑得真漂亮，结果旁边一个孩子上去就是一指，没想到他这一指往外洇的毛一下就退回去了。美林说："咳！太好了，我画了几年也没有想到让水退回去的方法，这孩子一指倒出现神奇效果了。"这时，他妈上去就给孩子一巴掌说："你看看，你把韩叔叔的画给弄坏了。"这张画虽然坏了，但他告诉美林一个方法，那就是，在画狗的时候，在旁边都洇的情况下，画狗眼睛时用手指点一下，狗眼睛的两圈就不继续往里面洇了。这种方法是课堂上学不到的，是生活给予的启示。

余粮

  美林一直标榜自己"余粮"很多,不怕别人模仿、抄袭。所谓的"余粮",我想,就是积累,不仅仅是技巧的积累,更有生活的积累、阅读的积累。美林说,即使你天天泡在动物园,将动物结构分析得很透彻,画得烂熟,也成不了艺术家,顶多是一个匠人。一个画家一辈子都应该是头顶音乐、脚踩文学。

美林说，艺术上重要的是提炼，怎样由繁到简，这个减法是难做的，别看几根线条，说不定人家付出了一辈子的劳动。有的画家创作手法特别细，头发画得一根一根的，但没准他是一个在艺术上没有悟性的画家，只能把现实的东西还原到一张纸上，这样的画家美林认为他还要颠覆自己继续往前走，因为绘画毕竟不是生活的翻版，需要提炼，需要高于生活。如何把每根线画出感来，这个太不容易了。

大道至简

往死里画

　　现在市场上有美林太多早期的画，真真假假的。我曾问过他："80年代初，你怎么给那么多人画画？"他说："粉碎'四人帮'以后，不光是我，李可染、黄胄这些人让他们画就画，让他们画多大就画多大的。记得1983年黄永玉和我去安徽，两人画得都快吐了，大家逮着你，就会让你往死画，当时也不要什么润笔费，画家也乐意这样，那时画家没有地位，人家跟我们要画算赏脸了。"

其实,有个画家丈夫还是挺有趣的,生活中一些趣事经常可以带有点墨香,比如,两人打情骂俏时,我会说:"美林,赶紧写封'休书'给我。"美林便乖乖提起笔来写《吾爱吾妻》,落款:"吾妻一日命余写休书。海右美林挥毫。"

"休书"

博物馆里的感慨

  20世纪80年代初,美林去美国参加一个国际会议后参观了哈佛大学博物馆、大都会博物馆,后来参观不下去,哭了,因为他看到了在中国没有看到的一些与自己有血肉关系的文物在人家的博物馆里展出。是的,大部分文物都流失了。大都会博物馆将最大的展陈面积给了中国馆,展出有木雕、玉器、瓷器、青铜器等精彩纷呈的中国文物。一般博物馆是不允许照相的,美林的朋友跟美国的警察说:"他是中国的画家,你能不能让他照几张照片?"没想到,警察同意了。

　　美林说自己长得不漂亮,个子也不高,但绝对是堂堂正正的男子汉,能为人类做出贡献的艺术家。人不可以貌相,也不要分国别,要看他为人类做出多少贡献,要看他在节约能源、保护生态、保护人类的尊严、保护动物生存方面做了多少贡献!假如没有的话,你徒有其表,徒有其蓝眼睛,徒有其大鼻子。地球上不一定金发碧眼就是上等人,黑人里面也有优秀的人,黑人的艺术不次于白人的艺术,落后国家的艺术家不一定比先进国家的艺术家差。

男子汉

境外奇遇

20世纪80年代，美林在法国被主办方邀请参加一个私人Party（聚会），据说就他一个中国人。美林当时没有记住法国人的名字，到了门口看到看门的是一个中国人和法国人，于是很庆幸地跟看门的中国人说，自己是被主人邀请的客人。没想到看门的中国人就是不让他进，眼看着客人陆续到齐就等韩美林一个了，法国主人急着出来寻找。看到美林时他问："怎么不进来？"美林指着看门的说："他怎么都不让我进去。"结果法国主人气得上去就给了看门的一记耳光，然后拉着美林就进去了。

  2021年国庆节期间,我们跟随韩美林"艺术大篷车"南下创作,路过杭州,回去小住了几天,但因三个展览需要筹备,工作繁忙,晚上开会间隙我回屋拿东西,推门看到美林斜披着一条橙色毛毯在看书。我说:"你怎么看上去像个活佛?"他说:"那你怎么不嫁个班禅呢?"当时我没时间搭理他,又下楼开会去了,等会议结束我再回屋时,发现美林仍旧披着毛毯似打坐般坐在那里,只听他压低声音喊道:"我是班禅十四,现向建萍公主求婚。"这大半夜的,弄得我哭笑不得。

"班禅十四"

餐馆前的眼泪

  美林看到广东一家家小饭馆后面的那一座座小动物园,孔雀、猴子、梅花鹿、穿山甲、果子狸——随时可以被食客钦点,任人宰割,心里在滴血、眼里在流泪。美林经常说:"我不画动物行吗?我不把它们画得可爱行吗?我不增加大家对它们的爱行吗?我得想办法救它们!我只是画家,我没有权力,我没有枪,我要有枪的话,我愿意跟吃这些可爱动物的食客同归于尽,与这些善良动物一起丧命!"

画画去吧

几次婚姻的失败，令美林心灰意冷，他对知心朋友说："你看到我找了这么多女朋友，有恋人，也有太太，加在一起有二十多个了，正式跟我谈恋爱的恐怕也有十几个。但是，男女之欢的时间加起来我还不如一个花花公子一年的时间，这一辈子绯闻不少，实际上我得到什么东西了呢，我得到的都是教训、凄凉、孤独。我无路可走，只有向前了，画画去吧。"

只有香如故

美林说:"我其实是朵桂花,花小,但是有味,人讲的是味。我的三分之一露在外面,是快乐,是开放的花朵;地下还有三分之二藏着,是没人看见的苦根,那是泪,是忧伤。不论生活中有多少苦难,艺术家的职责永远不是诉苦,不是把苦难往外一倒了事;艺术家应该是帮助人的心灵上一个台阶,而不是拖着人往下走。"

美林喜欢猫头鹰,给猫头鹰拍了不少照,人人见了称赞好玩。他倒好,来劲了,索性把其中最满意的一张夹进了工作证,代替自己的相片,人人见了大笑不止。美林很得意。一次,他到邮局取款,工作证一递过去,邮局工作人员严肃地问:"这是你的工作证?""是。"再问,他还是肯定。于是对方把工作证一扔:"你看!"美林这才傻眼了。

猫头鹰

永远的小弟弟

作家陈祖芬说:"我和美林的见面,都在政协会上。我们坐大轿车去开会,他孩子似的喜欢坐在最前边,好奇地看街道看城市,好像第一次来北京,好像第一次坐汽车,又好像他笔下那些可爱的长着大眼睛的小动物。所有的小狗、小猫头鹰、小动物,都长得像他的兄弟。如果用'年轻'这个词形容美林,于他是太大了。美林不是年轻,是小,是永远的小弟弟。不谙世事,不安分守己,他有一双善良天真的眼睛,总想弄出一些新鲜玩意儿来。"

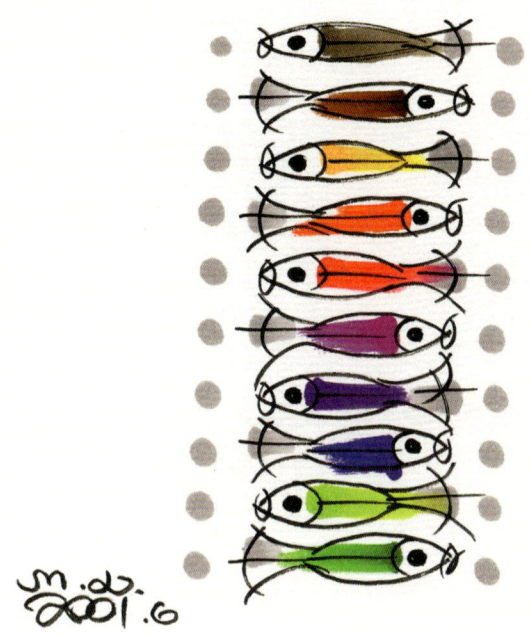

冯骥才说:"韩美林把生活的苦汁大口吞下,在心中酿出蜜来,再热辣地送给站在他画前的每一个人。美林是我见过的最阳光的画家。那么,韩美林的童心方式就是,风雨入心,阳光满面。"

童心方式

你是韩美林吗

一次，作为全国政协常委的美林到香山饭店委员驻地报到开会。工作人员看了他手中的通知书，愣是不信他就是鼎鼎大名的韩美林，问："你是韩美林的秘书？"他摇头。工作人员于是肯定道："那你就是韩美林的儿子。"谁叫他抬脚就按着自己的性子迈步，风风火火、蹦蹦跳跳呢！

对美林的"热心肠、爱助人、爱管闲事"大家都有耳闻，就连陌生人都找上门来要求帮忙。一个北京知青，在内蒙古待了大半辈子，人到中年想调回北京。调动得通关系，通关系就得送礼。送什么礼呢？办手续的人明确提出，要一幅韩美林的画。末了还提醒一句"假画不要"。知青拿着钱，到书画市场去买画。一兜一转，她哭了。一张画都得几万、十几万，怎么买得起。即使买得起，市场里的人也说了，假画多得很，不打包票。愁得没办法。有人半开玩笑半当真地给她出主意："你干脆去找韩美林要，他会给的。"这个知青真的打听到了韩美林家的住址，真的冒冒失失地找上门去，还真的见着了韩美林。她流着泪，看着真是可怜。果然，白得了一幅画。十五天后，调动的事就办成了。几天后，知青上门来谢，还带了一些水果。坐下不久，她又哭了。这一回，说是要给儿子找所好学校，还想求韩美林给画一幅画。韩美林一听不高兴了，原来自己的好心被人当作"印钞机"了。

善心难舍

显摆显摆

我和美林结婚第五年的时候,有一次,单位安排去远郊开会,为了方便,我决定自己开车去。晚上回到家后,美林问:"怎么样?"我说:"肩痛,来回开了三小时车。"又说,"有个同事的老公真好,来回接送自己的老婆。"第二天,家里秘书告诉我,韩老师要报名学开车。我很吃惊,平时画画还来不及,学什么开车?于是去问美林,他理直气壮地说:"我也想在你同事面前显摆显摆。"

我和美林刚结婚时,美林给他大哥大嫂寄了一张我们俩的合影,照片背后题了字:"大哥大嫂,我们俩都没有得到过人间关爱。从 2001 年 12 月 31 日起,开始知道人间还有爱。唉,这也是一生。"

迟到的爱

记得做亚特兰大雕塑的时候,一大盆石膏突然从脚手架上倒下来,劈头盖脸浇了美林一身,稠稠的石膏浆渗进内衣裤。美林赶紧又擦又搓,摸摸胳膊,还有;摸摸脖子,还有;再一摸,哈哈大笑了,他从衣服里面剥出一个肚脐眼的石膏模型。这验证了美林给学生们上雕塑课的时候一句话:"把民族和我都揉进去了。"

"把民族和我都揉进去了"

1985年为了配合熊猫邮票的发行,美林应邀为熊猫邮品签名。签到两万两千多个名时,脖子后面鼓起了个包,美林摸着包乐呵呵地说:"没事,多签上一个韩美林,就能为国家多赚点外汇,苦点累点算不了什么,连我这个人都是国家的。"

两万两千多个签名

"常书鸿带儿"

  美林当了七届全国政协委员,其中五届是常委,在政协队伍中算是老资格了,大家印象里的韩美林尊老爱幼,不修边幅,还爱放炮。记得初入政协时,美林搀扶着常书鸿先生步入会场,后面跟着丁聪和黄苗子,只听见丁聪在后面说:"这次常先生倒是不错,开会把儿子带来了。"

　　"两会"期间，美林在人大会堂开完会准备去餐厅，可能是没有穿正装的缘故，被保卫当作司机拦住说："你等一下。"于是美林便老老实实地在那里等着。这时候谢添和张瑞芳过来了，说："美林怎么不进去啊？"保卫说："他们司机和秘书一会儿去别的地方吃。"谢添一把拉过美林说："这是我们委员啊！"直到美林拿着盘子吃饭时，那位保卫还是走过来对他说："这里开会的都是专家和名人，你老实点。"

"老实点"

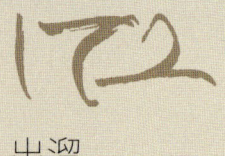

出溜

政协会开闭幕式，一般常委坐在主席台上，按姓氏笔画，姓韩的应该在最后，被台上的灯长时间烤着的美林觉得难受，就出溜在椅子上，因为个子矮，这样一来台下的人根本看不见美林，于是其他政协常委就在台下议论："今天美林没来？"这时候姜昆会说："你们脖子伸长仔细看，那个穿花格子衬衣的不就是美林吗？"

太极

美林的太极雕塑灵感来自麦比乌斯圈，他说，太极是中华民族智慧的结晶，很了不起。他画了一千多幅底稿，让工厂多翻几个模子，结果他们翻不出来，他们说，这边就是那边，那边就是这边，没法弄。美林说这就对了，立体的关键在"易"上。一位搞了一辈子《易经》的人说："韩老师，你若能把这个平面的《易经》图给我搞成立体的，我立马把这辆才跑了四千多公里的奔驰560给你。"美林拿出一张纸条："这是一，两头一对；这是二，也是实也是虚；三呢，把纸条两头反向对折，形成一个太极图，黑白、男女、精子卵子、乾坤、阴阳、日月、前后、上下左右、四面八方——同时，科学家说这还是地球上海洋的运动线。"那人听了没话可说，当即把车钥匙留下了。

"献计，献策，不献媚"

当了七届全国政协委员的美林，每年"两会"时若遇上自己有事或者生病不能出席会议，总被文艺组的代表们惦记，频频打来关怀电话。美林在会上有几句经典语言广为流传，比如，"不要'左'派，也不要'右'派，要正派""献计，献策，不献媚"等。

　　书是美林的终生朋友,他离不开书,我想美林能取得今天的成就,与博览群书是分不开的。他看的书很杂,除了艺术类书籍,什么天文地理他都看,我没事经常去他那儿翻书,发现里面有太多各个年龄段、各个职业范畴、各种知识结构的书籍,用瀚海来形容,一点都不为过!我们家最大的财富就是书。美林经常说:"书犹药也,善读之可以医愚。"

财富

1938年，美林两岁，哥哥四岁，弟弟还在妈妈肚子里的时候，父亲因为肺结核去世。当时他和哥哥还小不懂事，父亲去世时家里仅剩一块大洋，父母感情很好，尽管家里穷，母亲还是坚持要给父亲办丧事。家里请来了送葬的队伍，美林与哥哥因为看到过结婚的场面，顺手抄起了一面锣，一边敲一边喊："我爸娶媳妇喽——我爸娶媳妇喽——"大人看了是又好气又心酸。接着送葬队伍抬着棺材出行，排最前面的美林与哥哥还有表哥开始轮流抢吃棺材头上的生米饭，你一口，我一口，他一口，后来因为嫌对方吃多了，三个孩子哭闹起来——看着此情此景，送葬队伍的哭声越来越大。

送葬

美林一贯认为"中国的毕加索"这个词用得太多太多了，实际上，早在1978年的时候，一个德国人就叫他"中国的毕加索"，到了美国也叫"中国的毕加索"。后来反思了一下，毕加索不能这么用，谁也不能这么用，为什么呢？毕加索又怎么样，我们中国人难道不能比毕加索强吗？难道我们中国的画家就永远赶不上毕加索吗？再说了，黄永玉画的是黄永玉味的。美林认为，我就是我，中国的韩美林。

中国的韩美林

吃化肥

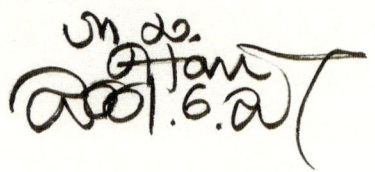

我比较喜欢幽默的男人,其实幽默往往是成熟男人的自信表现,美林就是一个极其幽默的人,他时不时地会用他自己的"调色板"给我们的生活加点"色"。有一日,美林突然对我说:"媳妇儿,我下辈子还跟你过。"我回答:"不行呢!你个子太矮了。"美林立马接茬:"那我在阴间里多吃点'化肥'呗。"

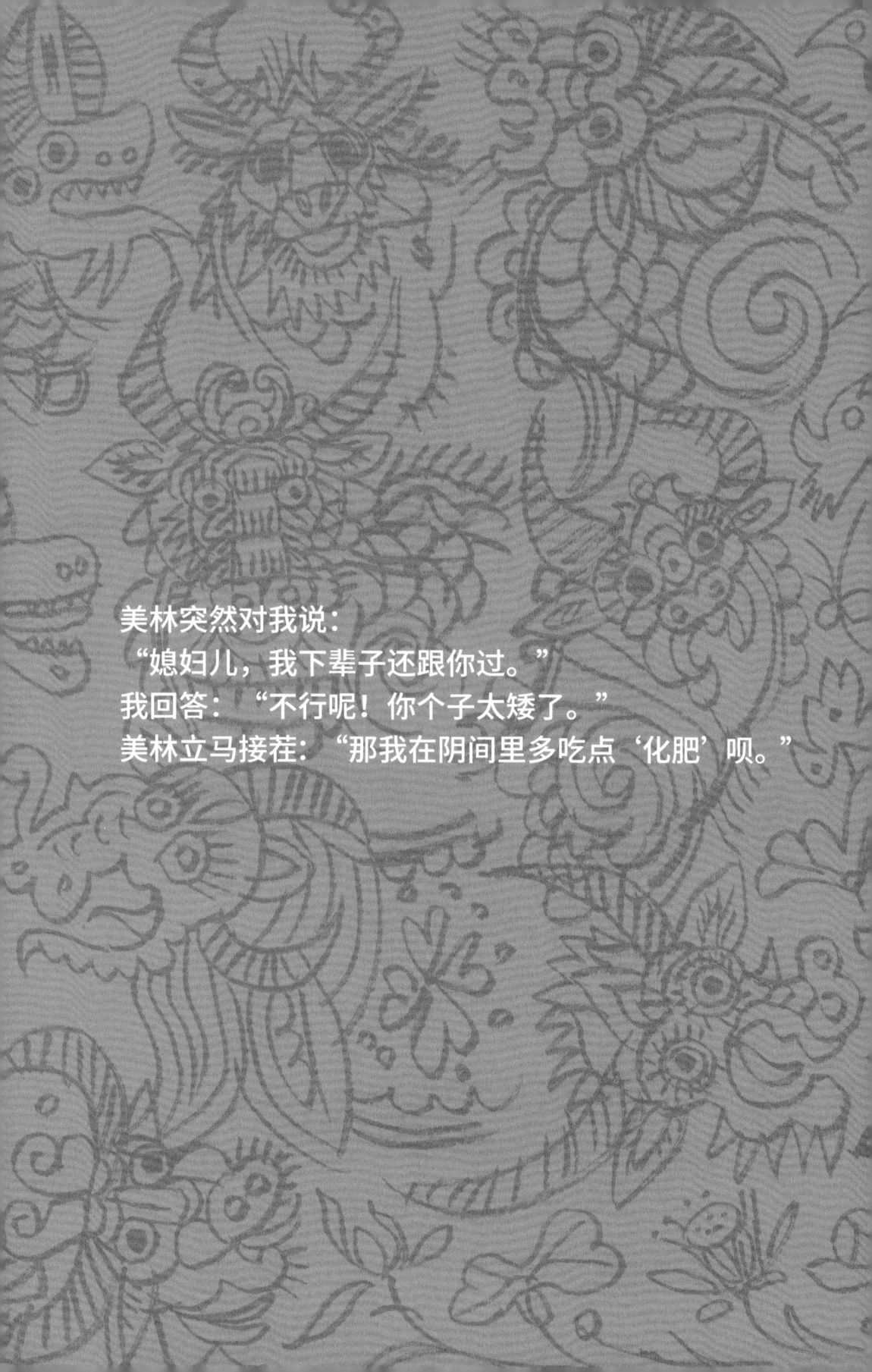

美林突然对我说：
"媳妇儿，我下辈子还跟你过。"
我回答："不行呢！你个子太矮了。"
美林立马接茬："那我在阴间里多吃点'化肥'呗。"

永不凋谢

  20世纪90年代的一年,美林与中国文化代表团出访,每到一个国家,见到各国文化政要时我方送出的礼物是塑料花,还是那种新式的、可以随机打开的塑料花。每次打开塑料花时,团长总是跟对方说:"我们两国的友谊就像此花一般,永不凋谢。"送着送着,美林发现别人送我们的礼物很不咋地,他问团长:"咱们还有多少'永不凋谢'?"团长说:"还有两箱呢!"美林说:"你别送了,够丢人的,我去买纸。"于是美林自己搭上纸钱画了画,作为代表团的礼物送出。其结果是不但别人接待得更热情了,收到的回赠礼物的品质也大大提高了。

NOW
"换个活法"　"幸福修行"
AND
"幸福万岁"　"前面是未知数"
FOREVER

建萍说 好的婚姻是彼此成就。
美林和我的婚姻成就的
何止是彼此。

美丽夫妻

一起到永久

179份爱

建萍说 好的婚姻是彼此成就。
美林和我的婚姻成就的
何止是彼此。

门口朵小花

美林说　建萍享受我的热情、激情、豁达、幽默、慷慨……

179 珍爱

建萍说　好的婚姻是彼此成就。
美林和我的婚姻成就的
何止是彼此。

179朵小花，179份爱

建萍说，那一百七十九张小画是她这辈子最大的惊喜，她要用双倍数量的小故事来纪念我们二十年的荣辱与共。

LET

我爱我的家　儿子女儿我亲爱的他

LOVE

爱就是珍惜　时光和年华

IN MY HOUSE

2001年初夏，去"阎王爷"那儿走了一遭，没被阎王收留的美林带着他的学生们开着"艺术大篷车"来到河南禹州烧钧瓷。那是6月的一个周末，我从杭州飞到河南去探班，从机场出来没有看到韩美林，觉得有点奇怪。从河南新郑机场到禹州还有一个多小时的车程，来接我的美林的学生王末一路一言不发，我挺纳闷。到了禹州宾馆，我连奔带跑上楼，门开着，美林就站在我眼前，脸上带着神秘的笑容。他递给我一张小画，上面画着一只美丽的小凤凰，我很喜欢，看他没事，扑哧地笑了，准备进屋放行李。一进卧室，吓了我一跳，只见整个床上铺满了画，犹如一个花床罩！我惊呆了！王末说："韩老师为了迎接您的到来，从昨天起就开始画了，直到您进门才停笔，一共画了一百七十九张。我路上没说话，就怕一不小心说漏了。韩老师特意叮嘱，一定要给您一个惊喜。"现在想想，这么多年美林带给我的又何止一个惊喜呢？一百七十九，美林这些小画的数量，不知是偶然还是天意，不正暗含着一起到永久的意思吗？

　　那就把这一百七十九幅画和我俩生活中的小故事辑成一册，作为美林与我结婚二十周年的纪念吧。

上帝的玩笑

  2021年7月，美林以"人类婴儿"为形象，为世界自然基金会（WWF）和一个地球自然基金会（OPF）创作了1864只大熊猫。1864只大熊猫在北京园博园首展后计划在全国巡展，以唤醒公众心中最柔软、最温暖的爱。很多人都好奇美林创作的熊猫为什么那么让人过目不忘。美林说，这个问题已经被人问了四十年。1980年联合国曾发行韩美林设计的熊猫邮票，当年就有很多外国人问美林："你怎么会将熊猫画得如此可爱？"美林说："这么多年来，这个问题我有个标准答案：不是我画得可爱，是上帝为熊猫配的颜色有意思，熊猫是上帝与人类开的一个玩笑。"

串门

每年春节，我们都会像走亲戚般浩浩荡荡去天津看望冯骥才老师一家。美林尤其爱去天津。一是天津离我们通州距离近。记得有一次堵车，我们与冯骥才老师同时从通州出发，他回天津，我们回王府井。结果，大冯老师到家了，我们还没到。二是在天津能吃到狗不理包子。2013年的春节，大冯不但请我们吃了狗不理包子，还带我们去了一个酒窖，喝了陈年大缸茅台，以至于后来我们再喝小瓶茅台，总觉得不过瘾。

泪飞顿作倾盆雨

我记得特别清楚，那是 2014 年 9 月 27 日的傍晚。在兰州举行的第 32 届大众电影百花奖颁奖典礼现场，天空突然下起了倾盆大雨，这在金鸡百花电影奖颁奖礼历史上从未有过。为了办好颁奖典礼，通常在几个月甚至更长时间前，我们会参照往年的气象数据选择最适合的时间，针对颁奖典礼当天的气象情况做好预案。当地气象台提供给我们的气象信息也应该是详尽的，从未失算过。但那天，当穿着礼服的明星们冒着大雨走着红毯时，我突然接到了张贤亮的侄女打来的电话，贤亮去世了！惊闻噩耗，我顿时惊住了，夺眶而出的泪水混着雨水一起洒落——贤亮去世了！这何尝不是老天爷与我们一同在哭泣。

"两把刷子"

父母在，不远游。可我已经离乡北漂了二十多年，很是惭愧。过惯了两人世界的爸妈更喜欢杭州的生活，他们每年来北京两次。来前，我们再三请；走时，我们再三留。父母在我们身边，温馨且安全；他们一走，牵挂且不安，直到我们回去或者他们再来。有一次，我打电话请爸妈来京过节，当他们推说这事那事来不了时，美林拿过我的手机直接说："爸爸，快来成全我们的忠孝两全吧！"于是，爸妈真的就来了。美林还真是有"两把刷子"。

安藤美香

  安藤美香是美林在中国艺术研究院招收的日本博士生，刚来的时候似一个邻家女孩，只是中文生硬了些，其他方面与中国姑娘没什么区别。她是美林亲手带出来的第一个女博士，每天与馆里员工生活在一起，经常在韩老师身边聆听教诲，我也一直在为这个处女座的大龄姑娘张罗着对象。直到2014年的某一天，已经毕业的美香来找我们，哭着说中日关系不好，她准备回去。记得美林当时告诉她，中日两国关系不好，并不代表民间不友好。美香还是回去了，半年以后她回来看我们，肚子已经微微隆起，她说找到男朋友了，是她的同学，并邀请我们去她的家乡长野参加他们的婚礼，我们真为她高兴。2015年5月，美林和我如约带着十几位美香在韩美林艺术馆的闺密前去日本长野，当看到门口迎接的、身着日本和服的新郎新娘时，我们瞬间泪崩——首次感受到嫁女的滋味。

韩美宝

众所周知，韩美林喜欢小动物，尤其喜欢小狗，早年"患难小友"的故事，不但成就了那张经典的作品，还感动了许许多多的人。美林家曾经有过"韩富贵""张秀英""锅饼"等人类的朋友，也有很多关于这些宠物的故事。为了美林这个喜好，奥运体操冠军黄旭给我们送来了一只博美犬，我们给它起名为韩美宝。美宝可真是美林的宝贝蛋，一天到晚围着美林转，寸步不离。美林的宝贝自然也就成了全家的宝贝，直到现在，韩美宝在我们这个家里，仍有不可撼动的地位。

2017年9月19日，美林率领北馆新人队伍浩浩荡荡地赴天津参加"为未来记录历史——冯骥才文学与文化遗产保护"活动。活动中，众多大咖对于冯骥才先生在文学与文化遗产保护的总结、研究、探讨等方面做出的贡献给予了真挚的、高度的评价。韩美林和冯骥才在现场的一段对话随即调动了现场的气氛。

韩美林："我比冯骥才大六岁，今年八十一了，我是矮大哥。"

冯骥才："我是高小弟。"

韩美林："平常我都在仰视他，我们在政协开会的时候经常在一起，大家找不到冯骥才的时候就找我，我一抬头，冯骥才准在那里。"

冯骥才："其实，我心里一直仰视着韩美林，别人找不到他的时候就来找我，我一低头，便看见美林了。"

矮大哥与高小弟

熊抱

美林的一个绝招是"熊抱",张开双臂,紧紧地把人抱住,有时还要向上托举,满满的热情和真诚。能够享受到美林"熊抱"待遇的,都是美林心里特别记挂的人。非"熊抱"无以表达情感的,像清华美院的常沙娜教授、联合国教科文组织总干事博科娃、演员成龙……当然,这其中也包括我的父母,尽管美林与我父母的年龄相当,但这不影响他们彼此的辈分,每次见面时,美林都要给他们一个强烈且温暖的"熊抱"。

犯困

  我的手机里存着一张照片,每每看到这张照片,我都会忍不住笑出来。美林在生活中是个特别有情趣的人,他非常在乎我,以至于每次我出个小差,他都要有点仪式感地到家门口送我一下。这张照片便是美林有一次送我,秘书凑巧拍下的。猛一看,我们告别时美林有点泪眼蒙眬,大家都以为美林是在挥泪与我告别,都特别感动。其实只有我知道,那是他午饭后习惯性犯困的状态。

面子和里子

  1987 年，美林与第二任妻子离婚后，与女儿小草相依为命，孩子很懂事。人前，小草总给美林留足面子和里子。别人问她："你和你爸都怎么吃啊？"她说："我爸爸就会做蛋炒饭！"后面再给加上一句，"炒得还可以。"其实，美林倒是会做蛋炒饭，可是烧米饭怎么兑水他还真不知道。

娘家人

　　我生命中有三个贵人，尽管他们几乎都是"老北京"，但我更愿意将他们称为我的——"娘家人"，因为其中两位是在我芳华年龄段便认识的。最先认识的是当年中国青年出版社当代文学编辑室主任李硕儒老师，他的博学、孝道和儒雅给我留下了深刻的印象，以至于后来我写的纪实文学小说《回眸女儿谷》经过硕儒老师的推荐发表在中国青年出版社的《小说》刊物上，才有了之后的谢晋导演在刊物上看到我的小说后找到我想与我合作电影的缘分。《女儿谷》首映前夕，硕儒老师又给我介绍了他的老友、我的人生楷模——中国文联出版社的谢群大姐，在她的力荐下，我的作品《回眸女儿谷》由中国文联出版社出版，当时谢群大姐是我的责编。我北上以后，两位贵人又给我介绍了另一位我的偶像、中国美术理论界的大咖级人物贾方舟老师。这三位优秀的"娘家人"，在我北漂的二十年间起到了精神导师的作用，在我困顿迷茫的时候他们给予我坚定的信念，在我成功愉悦的时候他们分享我的幸福。想来，我是何等幸运。

浴缸还是肥皂？

　　李玉刚有很多"刚粉"，而他则是美林的"铁粉"。2017年，李玉刚终于找到了合适的机会拜美林为师，美林也欣赏这孩子，师徒俩平常相处得非常惬意。一天，玉刚给师父送来了一件特别的礼物，猛一看去，我以为是鞭炮，心里还想着，年都过完了还送哪门子鞭炮呢？玉刚告诉我，这是他送给师父的椅子，他说："师娘，不是鞭炮，这是椅子！这椅子挺舒服的，不信，您试试！它还能治疗师父的颈椎病。"我坐了上去，这低碳且环保的东西还真挺舒服。正在这时，美林走过来说："玉刚，你怎么叫'浴缸'，不叫'肥皂'呢？"

天堂

　　2017年5月15日,美林的好友宋雨桂英年早逝。噩耗传来,美林痛心不已,强忍内心的悲痛,提起笔写了一副挽联。上联是"听雨何曾共品乱云飞渡,石崩墨舞,雨点点来",下联是"赏桂仍觉指点芙蓉沾露,酒癫摇魂,桂朵朵香"。对联写好后仍不能释怀,美林又题跋道:"丁酉年四月二十日哭雨桂兄先生仙逝,伟业刚刚起步怎么走了呢?!这里尚存乾隆御纸呀!八十一叟美林携妻建萍,美馔侍君怎么没进门?北京万里晴空,送君路上亦见天国老友早报喜讯:'天堂画院'院长等你呢!"愿老友在天堂一切安好!

吃瓜群众与切瓜神器

生活中的情趣体现在一点一滴，网络上有个流行语叫"吃瓜群众"，就是说看热闹的群众也不甘寂寞，还要嘴里啃着西瓜，可见生活里处处都会发现有意思的事。夏天到了，凡是来我们家吃饭的客人，饭后都会有一个雷打不动的极具仪式感的环节——切西瓜，一个淘宝上仅三十五元的切西瓜神器带来了许多欢乐，不知俘虏了多少国内外朋友的芳心，它无疑是我们家性价比最高的物件。生活中从来不缺少情趣，只是需要更多的耐心去寻找和发现。

跑堂

穿衣风格最能体现一个人的精气神，美林生性自由，不喜欢拘束，所以除非重大活动场合，很少看见美林穿正装。不过，丈母娘来家里，对于美林来说是属于重大活动的，他会穿得正式点。我和美林无拘无束，经常"小韩、小韩"地叫顺了嘴。一次吃饭时，美林一个劲儿地给丈母娘夹菜，我一个劲儿地喊"小韩"……一瞬间我突然走神了，这场景怎么看这个穿白衬衣的小韩都像个跑堂的，心里忍不住笑了起来，好在美林也没察觉我的心思，一家人其乐融融。

低调的签名

  美林的朋友遍天下。2017年10月的一天，成龙突然驾到，还亲自抱了一个庞然大物气喘吁吁地上楼，拆开一看是一台人站在上面全身的肉都会抖动的健身器。成龙脱了鞋站上去，边示范边说："美林大哥不是头晕吗？用这个，疏通血脉，头就不晕了。"当得知美林大哥的"艺术大篷车"过几天要去外地创作时，成龙一声不响地穿上鞋下楼了，不一会儿又抱了一台迷你款（Mini）的健身器，说："不是要外出吗？带上它。"弄得我们好生感动。每当空暇，美林用这台健身器时便会说："成龙怎么好久没来了呢？"其实成龙做人也很低调，有一次他来我们家，我们请他在钢琴上签字，他居然趴在地上，将自己的大名签在了钢琴的底端。

姐弟

  我们是一个温暖的大家庭，大女儿小草和大儿子了然每周都会回家吃饭，每次回来时小弟弟总会问：了然哥、小草姐，你们给我带礼物了吗？如果哥哥姐姐当天没带礼物，便会马上拿出手机打开淘宝或者小红书让弟弟选礼物，没过几天，礼物便寄到家了。姐弟俩每次回来，我都会关照厨师多做点菜，走时让俩"单身汉"打包回去，这样他们就不用自己开伙能凑合几天了。遇到家里有大闸蟹或者其它南方食物，我也会让小草带些给她的妈妈。

九命老猫

我写过一篇关于美林的文章,题目是《九命老猫》,这里面其实有个典故。我和美林每次去香港,都要去铜锣湾的一家零食店看望一只老猫,这只老猫的猫龄按人的年龄算得有九十多岁了。令人惊奇的是,虽然我们不常去,但是每次去,它都认识我们,并投来温暖和善意的目光。我们亲切地叫它"九命老猫"。美林喜爱各种小动物,估计这也是一种气场,所有的小动物也都喜欢他。我那篇写美林《九命老猫》的文章,应该就是受到了此猫的影响吧。

上得厅堂与下得厨房

  这二十年间,我和美林诞下了五个"孩子",四座韩美林艺术馆和儿子韩天予,除了这五个孩子,特别让我们欣慰的是,我们还有一个战无不胜的团队。别的不敢吹,单就我们馆里的女孩,个个上得厅堂,下得厨房。北京馆导视部部长关心,除了会讲流利的三国语言、才气逼人之外,经常在为嘉宾介绍完韩美林的艺术之后,脱下馆服便回家帮着招待客人。此外,她还喜欢修修补补,甚至上墙修空调,实在是不可多得的复合型人才。

六百年的紫禁城，由皇家禁地变成今天公众可以流连其中的博物院，可是我来北京二十年了，却很少去故宫。2019年的春节，"美林的世界在故宫"开展，这既是2016年启动的美林全球巡展的一站，又是美林在向传统致敬。四十五天的展期中，我们几乎每天都要"进宫"，也看到了故宫的晨昏夜昼。在纷飞的大雪中"进宫"的感觉，让人仿佛忘却了光阴的流逝，那一瞬间仿佛穿越了时空。故宫六百年，我和美林是不是前世也曾经牵手来过这里呢？

"进宫"

能者多劳

"书犹药也,善读之可以医愚。"在美林心目中,家里分量最重的应该就是他书架上那些宝贵书籍了。这些书一直陪伴着我们,每当搬家或者调整房间时,整理书籍就是一项巨大的工程。这时候,冲在前面的一定是凌祥凌大厨,他不但饭做得好,整理韩老师那些"宝贝"也非他莫属。除了将书归类、不打乱韩老师阅读习惯外,还整齐划一、秩序井然,美林说他是一专多能、能者多劳。

美林爱动物，美林也爱家，所以美林的家总是有各种小动物，除了家里养的小马和大名鼎鼎的韩美宝，还会有一些定期拜访的常客。每当春天到来的时候，就是喜鹊造访的日子到了，美林知道它们要来，就会经常在阳台上为它们准备一些美食，让它们有回家的感觉，这些喜鹊似乎也通人性，到了日子一准儿出现在阳台上叽叽喳喳，仿佛在说："老朋友，我们又来了，你们好吗？"

喜鹊

尴尬

2019年4月的一天，《鲁豫有约》来我们家做节目，摄制组说希望在我们家吃顿"韩家菜"，我们欣然答应。刚好春菜上季，凌大厨准备了一桌子春天的时令菜肴。我和美林都是好客之人，即便不是为了拍摄，平时客人来家里，我们也是盛情款待。但这次尴尬的是，"韩家菜"也是这次拍摄的内容之一，在我们吃饭的同时，摄制组一班人马却饿着肚子在拍摄并看着我们吃。我和美林还是第一回在摄像机前被人看着吃饭。弄得我们实在不好意思，屡屡提醒厨房，赶紧拿些韩家包子来，让大家先垫垫肚子。拍摄一结束，我、美林还有鲁豫立马撤离，让摄制组的同事赶紧上桌，美林一声令下："开吃！"

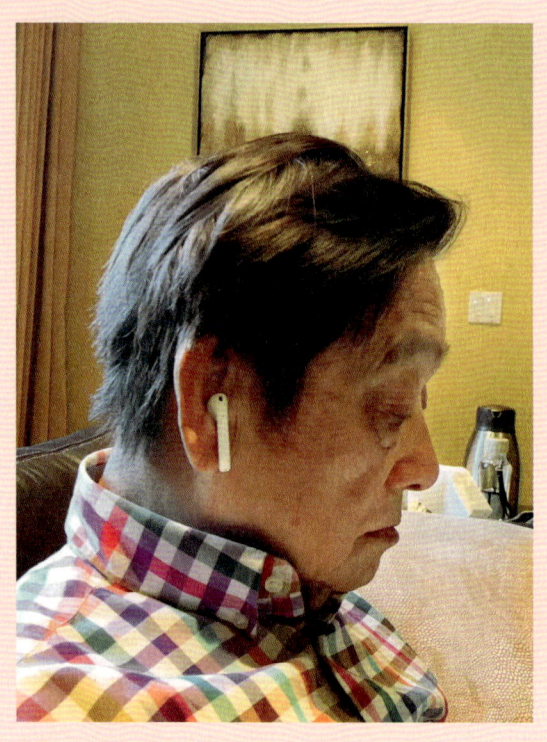

  美林喜爱所有形式的艺术,其中尤爱音乐,民间小调哼得、秦腔吼得、京剧看得、古典音乐也听得……穆索尔斯基的组曲《图画展览会》,美林画画的时候不知听了多少遍,所以美林对声音旋律格外敏感,对音乐的质量也有着很高的要求和鉴赏力。当美林第一次用上苹果无线耳机时,他顿时觉得这个小东西真的好神奇,美林说:"你看!这么个小东西,居然能给你一个美好的世界!"

024
神奇

美林是出了名的大方，不过这大方背后还是对自己艺术创作力的自信。同一个题材，美林一口气可以创作出几百个不同的形象，用他自己的话说，他创作的时候像青蛙甩卵，一甩就是一大串！2020年1月，美林与周大福品牌合作的"韩美林艺术·传承"系列发布会在北京馆南展区举行，尽管周大福有百年光荣历史，但美林在发布会上颇有底气地说："我的艺术元素，恐怕你们一百年也用不完！"瞧这自信满满的劲，不愧是真汉子！

自信

烤肠

　　生活处处有学问，美林是个艺术家，他观察事物的角度和表现事物的方法都和常人不同，常常让我们觉得特别有意思。上次美林住院体检，大儿子为表孝心，专程送来从饭馆打包的德国烤肠，美林仔细看了看，又尝了一尝，大概是觉得厨师烤的方法不对路，于是拿起笔来，画了一张标准的德国香肠烤制示意图，让儿子带给饭馆厨师。不知道厨师见了会做何感想，是否会将这张图画裱好挂起来呢？

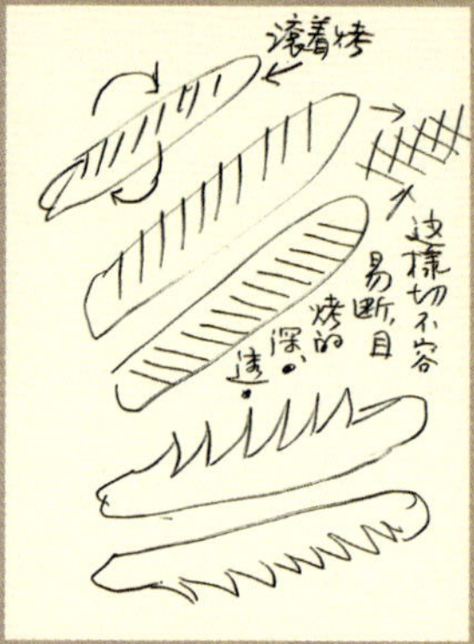

儿子了然从十二岁起在我们身边耳濡目染，可能是见多识广吧，慢慢成长为同龄中的佼佼者。他从小就管美林叫爸爸，叫得亲切、自然，与我有相同经历的朋友的孩子则一辈子也没有做到。对了然，美林视为己出，尽到一个父亲的责任。记得有一次正值了然高考填志愿，美林因病入住同仁医院，病房结构很奇怪，里外两屋，外屋是病房，里屋是客厅。照顾完美林之后我就在里屋研究起那些志愿，时而去外屋照看一下打着点滴的他。半夜，当我起身去外屋时，突然发现里屋的门框上赫然贴着三个字：招生办。真不知道打着点滴的美林是如何将字给贴上去的。而且他个子那么矮，门框又那么高。

招生办

往事

  美林念旧，经常会有一些老朋友来家里看望他，而从这些老朋友嘴里，我们常常能听到一些关于美林的趣事。所以美林的老朋友每次来，我们都围坐在一起，希望发现一些"宝藏"。这不，安徽来的朋友又给我们讲了个故事。20世纪80年代，他们想让美林画盘子，当时有着小小"妻管严"的美林在口袋里装了一支笔便出门了。到了朋友家一看，朋友准备了好多盘子，但墨水不够啊！必须返回家再去拿墨。于是美林和朋友骑着自行车回家，为了不让太太起疑心，美林上楼谎称忘拿东西了，偷偷将墨从楼上扔给了楼下等着的朋友，之后若无其事地走出了家门……

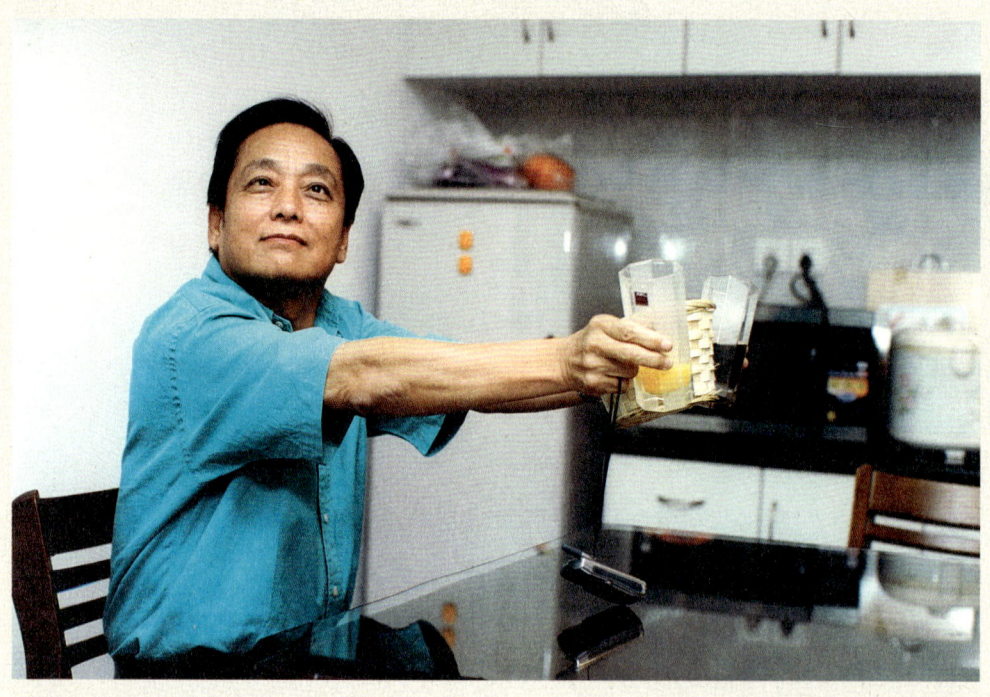

029

当喝大酒

美林一辈子没做过胃肠镜，三年前体检做胃肠镜时，医生居然在美林大肠里取出了七块息肉，其中一块还挺大，这让我很担心。医院拿去做病理，在等待病理结果的一周时间里，我真可谓茶饭不香，担心结果不理想。这天我正在公园跑步，大秘郭莹给我来电话，我当时的心一下提到了嗓子眼。郭莹说："周老师，韩老师病理出来了。"我有点担忧地问："怎么样？"她说："是良性。"哇！我赶紧跑回家，二话没说拿了一箱酒出门去找李玉刚，那天晚上，我们喝了一顿大酒。

不含糊

开车去天津看望冯骥才老师的路上,美林在副驾驶座上睡觉,我与两个秘书坐在后座。一路上比较无聊,于是我就找话题对两位秘书说:"据我所知,曾经有三个女孩向韩老师借过钱:一个是广州的女孩,要借三十万元买房;一个是韩国女孩,要借五十万元读书;还有一个杭州足浴店女孩,要借五十万元给她爸爸治病。"这时,迷糊中的美林突然来了一句:"韩国那个女孩不是五十万元,是六十万元!"原来美林一直眯瞪着,在听我们背后说什么,他是个严谨的人,在数字上可不含糊。

迁就

　　美林经常会画一些画送给我，其中最多的应该是老鼠，因为他就是属老鼠的。这天，美林又给我画了一幅老鼠，上面落款是"12.15"，那是我的生日。我说："我的生日已经过完啦，怎么又写'12.15'了"？他说："还真是，一不小心又写了'12.15'，总感觉你的生日没过完似的。"过了一会儿他又说，"你傻啊！给你老鼠就等于把我自己给了你，像我这种性格的人，捏都捏不动了，没想到我还那么迁就你。"

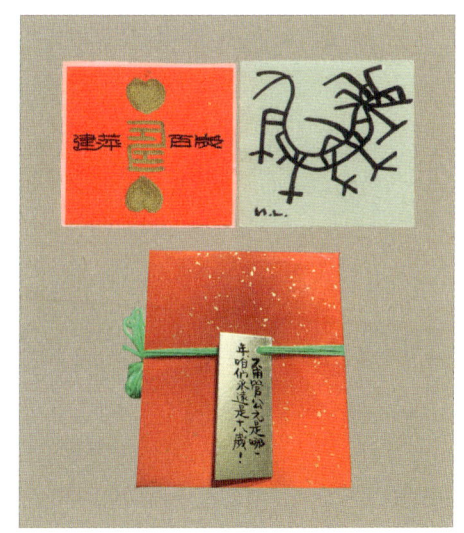

2019 年年底，宜兴馆开馆在即，我们带领大部队提前去宜兴做筹备工作。宜兴陶瓷行业协会的会长史俊棠请我们吃饭，史俊棠特别热情，敬了酒又敬面条，念念叨叨地说着给我补过生日，美林在边上略带醋意地说："我这是赶上了，好像是他俩在做纪念日似的……"

谁的纪念日

国航与波音

　　2013年美林设计了国航机舱内饰，这是继20世纪80年代美林设计国航航徽以后第二次与国航牵手。这年5月，美林接受国航邀请，去西雅图迎接首架由他设计内饰的波音777—300ER回国。我们去了位于美国西雅图的全球最大的波音公司室内宽体机单体厂房参观，主人介绍说，该厂房绕场一周有三点五公里；每个月出产八点三架777—300ER；每架飞机上六百万个零部件分别来自七十多个国家的供应商。这让"科学控"美林听得目瞪口呆，回到酒店嚷着要请国航老总吃饭。

交给你了

美林一生中做了三次重要手术——2001年的心脏搭桥手术、2009年的颈动脉剥脱手术和2020年的椎动脉药物球囊扩充手术,这三次手术,我都陪在他身边。众所周知,任何手术都存在风险,去年动手术的前一天,北京医院的王大明主任将手术风险告知书拿来签字时,美林看都没看,大笔一挥就签上自己的大名,他冲着大夫嘿嘿一笑说:"得!我这一百二十多斤就交给你了。"于是,我也爹着胆子在家属栏上签了字。

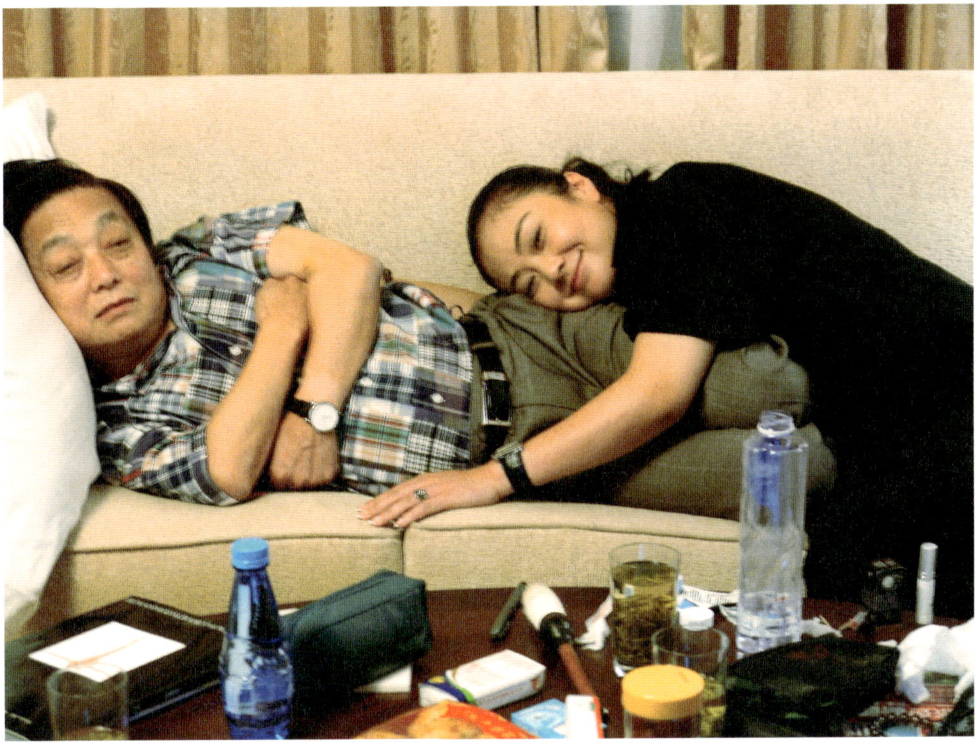

陪嫁

二十年前,当我决意嫁给美林时,其实我还没有做通我妈妈的工作。女儿成为别人的第四任妻子且远嫁北京,除了不舍还真有点不放心。我的爸爸来北京参加了我们的婚礼,按照中国的传统习俗,女方应该有陪嫁之说,爸爸和我商量时被美林听到了,美林说:"陪嫁建萍的'脑袋瓜子'就行了。"

想想霍金

  美林的腿在"文化大革命"期间差点被"造反派"打成了残废,以至于后来旧伤常常复发,变天时尤为严重。2020年在深圳展览的开幕式上,美林上台发完言后腿僵硬在那里,居然下不了台了,结果由台上的深圳市委宣传部部长将他扶了下来。开幕式结束后,很多人过来关心美林,询问他腿的情况。美林说:"没事,没事!想想霍金,我已经很满足了。"

打油诗

在生活中,美林一直是一个乐观积极的人,而积极乐观的情绪会传染,所以大家都喜欢和他在一起。2020年元宵节,员工们因为疫情回不了家,就地过年。作为大家长,美林和我将大家请到了家里一起包元宵。美林即兴说了一段打油诗:"孤男寡女跑不了,戴着口罩吃元宵,左边一个电灯泡,右边物业管不了,糟糕!糟糕!怎么这样过元宵?"这首打油诗逗得大家哄堂大笑,思乡的忧愁一扫而光。

你是我媳妇儿！

  嫁给美林这些年，一直忙忙碌碌，四座馆加上基金会、工作室的诸多事务让我只能"五加二白加黑"地干活。美林不让我熬夜，总是不停地喊我睡觉，有时候被他打断思路后我也会大叫："烦死啦！"这时候美林一般会说："你是我媳妇儿，我不关心你关心谁？"听见美林这么说，再苦再累的活、再操心费力的事，都让我觉得不算什么了。

日常生活中，美林是个环保主义者，节约用纸和随手关灯已成习惯。一卷卫生纸或许我只能用两天，但美林可用一周。为了向我倡导环保理念，美林有一次画了幅画送给我，画的是我坐在马桶上肆无忌惮地扯着卫生纸的囧样。这令我尴尬不已。从此，我也开始重视环保了，感谢美林用这样的方式向我提意见。其实，嫁给艺术家，有囧的时候，就有好玩的时候。

囧样

溺爱

　　每年美林生日时大家都会绞尽脑汁想着送什么礼物，年年都不例外。2020 年，大儿子出差在外，没时间准备礼物，便闪送来一部刚上市的 iPhone 12 Pro Max 手机，让我交给爸爸。美林见我用的还是老手机，便将新手机放在我书桌上，只见手机口袋上写着："韩美林媳妇玩手机，只佩 [配] 这 5G（手机），我土包子。2020.12.27。"我看到后将手机放回他书房。可他又一次给我拿回了我的书房，并加了一张政协的信纸，上面写着"给我最溺爱的——大宝"，这么两个来回下来，我就不客气了，大儿子知道后第二天又闪送来一部 iPhone 12 Pro Max，这下好了，平衡了。

　　2013年12月21日，韩美林艺术基金会成立，在中国首个"韩美林日"上，我们请来了被称为"世界建筑界的肖邦"——Daniel Libeskind 前来做"公共空间的艺术审美"的主讲嘉宾，三天的相处，胜似三十年！建筑和艺术原本不可分割，Daniel 是犹太人，儿时在犹太集中营度过，在他身上有一种不屈不挠的精神；美林平时也一直在研究和关注犹太人的文化，比如，贝多芬、马克思、基辛格等均是犹太人，且自己童年时期也饱受苦难，两人一见如故。在为 Daniel 送行的前一晚，美林为他唱起了一首波兰作曲家写的歌《左边是桥，右边是桥》，唱完，美林说了一段佳话："这首歌在中国人民解放军歌舞团去波兰演出的时候唱过，演出结束后有一位波兰老太太在剧院里痛哭，久久不愿离去。原来她就是作曲家的夫人，她说她的丈夫已经去世，这首歌就是她丈夫作曲的，当时这首歌在波兰还不怎么流行，没想到你们来唱了。"Daniel 听到这里热泪盈眶！他拉着美林的手，两人一起唱起了"左边是桥，右边是桥，维斯瓦河在我们面前……"。

"左边是桥，右边是桥"

042

打包

儿子承诺每个月带我们二老出去吃顿饭，一般会选择我们没去过的餐厅。每次吃饭我们都会想到员工中有谁没好好吃饭，然后我们就会故意多点些菜，吃完可以打包带回去。每次打包的任务总是落在美林身上，因为他打包比我们任何人打得都要漂亮，哪怕是剩菜，他打得也像新的，而且荤素搭配科学合理。

吃饱不想家

我们每个员工手里都有一张"吃饱不想家"的饭卡。虽然很多单位吃饭也是免费，但有了这张韩老师亲笔题写的饭卡，感觉就像20世纪80年代的粮票，不会挨饿，感觉生活有了保障，感觉人生有了底气。

神

　　比美林大一轮的黄永玉先生早年也住通州，自从他搬去了顺义后我们来往就少了。今年3月，黄老突然给美林来了一封长信，美林看了后激动地在屋里来回踱步，说："我要用钢笔写楷书来给这个'老妖精'回信，他太聪明了，他不是人！"我问："那他是什么？"美林说："他是神！"

活过程

这些年,为了让中国文化走出去,我们投入了大量资金在威尼斯、巴黎、首尔、曼谷等地举办全球巡展。此外,几座韩美林艺术馆虽然是国家事业单位,但为了留住优秀员工,我们也需要各方面的投入。近两年的新冠肺炎疫情让世界很多行业趋于停摆,我跟美林说:"再这么熬下去咱们都快'揭不开锅'了。"美林很认真地回答我说:"没关系,我们活过程。"

吐痰

美林不仅关心家人，更关心艺术馆的每一个人。有一天，开完理事会已经是深夜，楼下两位秘书送走各位理事后继续整理着当天的各种材料。这时候，只见楼上的美林冲着楼下的秘书大喊："小妮们，快下班！再不下班，我要往下面'吐痰'啦……"

047

不冤枉

都说心有灵犀一点通，这些年我与美林磨合得都快成一体了，想问题想一块儿去，做事做一块儿去，配合默契，顺风顺水。美林在表扬我时经常说："我老婆真聪明！"于是我会回应一句："请在聪明前加'冰雪'二字。"美林说："对了！加这两个字也不冤枉你。"

回头马

  二十多年前,美林接到上级任务,为日本首相小泉画马,小泉看到美林画的奔马后特别高兴。中国人对马的定义有很多种,其一便是"悬崖勒马"。据说,小泉首相边欣赏作品边若有所思……二十年后,美林去东京见到一位粉丝,他是全日空航空公司的老总。与其聊天时得知他是现任首相安倍晋三的发小兼邻居,老总怕美林不信,还从包里拿出了安倍的信纸给美林看,美林拿过信纸唰唰几笔,便在上面画了一匹"回头马",请老总转交安倍,不知道安倍首相看到后是不是也会若有所思?

裤子

  2019年9月底,韩美林"艺术大篷车"来到了青藏高原。美林经常说:"青海有一个地方我们一定要顶礼膜拜,那就是三江源,它是黄河、长江、澜沧江的发源地,是我们的'生命之源'。"

  出发前,关于美林是否能上高原,医生们论证了很多次,考虑到美林心脏搭过桥,专家们均不主张去。但大家说不动执着的美林,只能寄希望于当地医疗团队跟进,一路照顾好美林。到了青海,一进酒店房间,发现与别的酒店不同的是每个房间均有氧气瓶,当时我们的队伍中美林的状态是最好的,其他人或多或少地有点头痛不舒服,晚上我也忍不住开始吸氧。接下来的几天,美林的状态依然比谁都好,以至于一路上配备的医生和医疗设备均没派上用场。美林一路兴奋地跟大家聊天、讲故事,这让医生们放松了紧绷的神经。到了海拔三千五百米的青海湖附近,大家终于经受不住美景的诱惑,所有人包括医生集体下车拍照。这个时候,我们突然发现美林不见了,回头一看,他应声倒地了,大家赶紧冲上前去扶起了他。很快,美林便缓过神来说:"没事,没事!"事后我们才知道原来兴奋也是高原缺氧的表现。大家一场虚惊!后来我们发现美林的裤子膝盖位置摔破了一个大洞,三江源管理局局长李晓南说,这条裤子未来一定要展示在三江源博物馆里。翌日,我郑重地将这条有着"美林洞"的裤子交给了晓南局长。

美林跟佛有缘，经常造访广济寺、灵隐寺、玉佛寺等。2018年9月30日，美林携大篷车来到了海拔两千六百米的青海省黄南藏族自治州的隆务寺，与丹仓活佛进行了交流并互赠礼物。丹仓活佛盛情款待我们一行，他看美林喜欢吃锅盔，临走时硬是塞给美林三个大大的锅盔。没想到刚一出寺庙，天上就下起了鹅毛大雪，这是青海当年第一场瑞雪，丹仓活佛在雪中挥手，目送着我们离开……此情此景，铭记于心。

瑞雪

爷爷和外公

今年立秋那一天,正好是我的外公去世四十六年纪念日,我们无比怀念他。在我的记忆里,我的爷爷和外公都是体面之人。我的爷爷是绍兴周家大户,印象中,哪怕是一件打了补丁的衬衣,穿前他也会用煤炉烧热的铁熨斗将之烫得平平整整;即便做了胃部大手术才三天,爷爷也坚持要求在病床上洗头,结果造成伤口开裂又重新缝合了一次。爷爷最喜欢我,去世前几天,谁喂饭都喂不进,唯有我可以,他的钱包里一直放着我的照片。我的外公是浙江台州医院知名老中医,更是一位摄影爱好者,我妈妈说外公来看我们时,幼小的我还带他去了杭州最贵的荣荣理发店理发。爷爷和外公是无话不谈的好朋友,至今我还保留着他俩于1974年5月在西子湖畔的一张合影,我外公在照片下写道:"世事苍来如枝影,十年一见两残年。"

052

油壶

在日本吃个铁板烧很正常,但如果铁板烧台子上的一个油壶入了美林的法眼,那性质就不同了。有一次,美林在东京吃铁板烧时看上了一把油壶,于是,赶紧从包里拿出了个小本子,对着油壶,画了许多不同造型的油壶,画着画着……油壶变成了天鹅。看得铁板烧主厨目瞪口呆、无心烧烤。艺术家就是这样发散性思维。

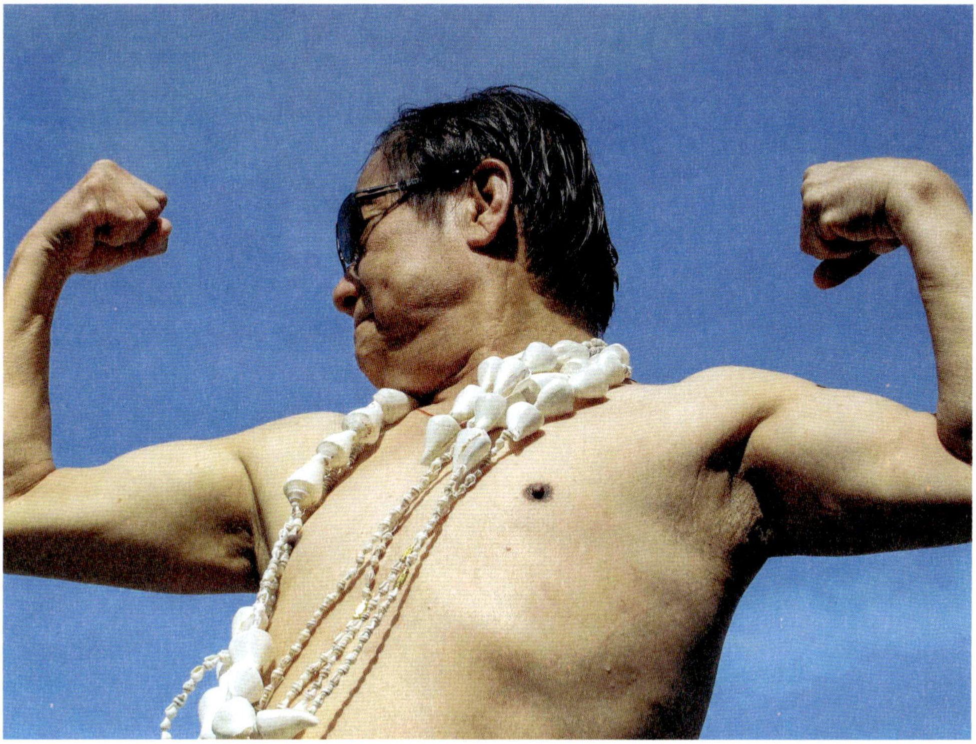

自从美林戴上了华为计步手表后就没消停过,医生让他每天走五千步左右,对美林来说,那就是圣旨。晚上睡觉前,美林一看"手表"不到五千步,无论是半夜还是凌晨,便会在我面前踱着小碎步,嘴里念叨着,今天还没达标呢!在他床头,还有一个小本本,记录着每天的步履"业绩"。

达标

相约上高寒

在我们有"四驾马车"之前,冯骥才早有了"四驾马车",大冯的"四驾马车"是指其"绘画、文学、文化遗产保护与教育"。大冯说:"我的四驾马车不是四匹马拉一辆车,我是用四匹马的劲拉一辆车,因为我车上的东西太多了……"2012年9月9日,在大冯"四驾马车"展览开幕式上,美林呈上一幅特别的书法作品——《相约上高寒》,以此互勉。

生命的
尊严

尊严

美林特别擅长观察生活中的细节，常常能发现一些被别人忽视的东西。有一次，我们去南京出差，南京火车南站门口人来人往、车水马龙，大家都行色匆匆地忙着赶路。美林突然发现下水道的井盖里长出一棵倔强的小草，小草周围没有水、没有土，随时有被人踩得粉身碎骨的可能，但它依然挣扎着顽强地冒出了它那可爱、坚毅的生命……美林跟我们说，这就叫"尊严"。

其实，我很不愿意过生日，一来让别人操心，二来自己又老了一岁。但当你与员工们生活在一起时，你总很难躲得过这一天，哪怕借故出差，孩子们还是会变着法儿给你过，视频和礼物也会长了翅膀飞过来。2011年12月15日，在我的一再要求下，算是过了最简单的一次生日，因为那年12月21日我们将在国家博物馆举行韩美林艺术大展，大家忙得不亦乐乎！员工们每人给我做了一个菜，有小月的泡菜炒年糕、常静的大盘鸡等。但那天我收到美林的礼物是二十年来最厚重的——一尊小佛和一张自制的祝福卡，上面写着："垫底的是我韩美林，天掉下来，我托着。"这尊小佛一直伴随着我，天也没塌下来。

天塌下来，我托着

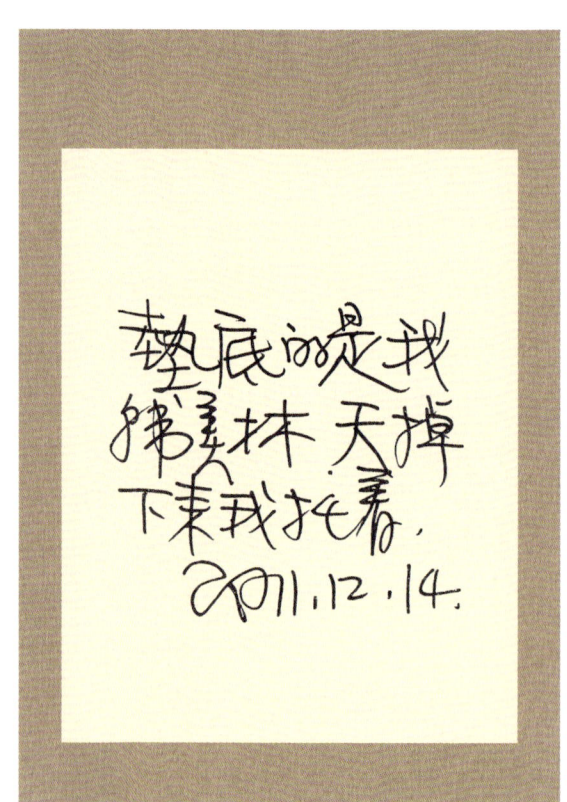

斗鸡眼

美林天生就是个艺术家，书法、美术、音乐、雕塑……这些艺术形式他都信手拈来，除此之外他还有表演天赋。在威尼斯巡展开幕后即将返回北京的时候，为筹备美林国家博物馆八十大展，睡眠严重不足的我们边等车边在威尼斯街头喝咖啡。喝着喝着我突然发现，美林的表情有点不对劲，他一直盯着我看，眼神却有着说不出的奇怪。我再仔细定神一看，原来他正冲着我装"斗鸡眼"呢！于是，我赶紧让秘书给俺俩拍张照留作纪念，照完后，美林的"斗鸡眼"却定格了，好一阵子没复原。

赛跑

美林的全球巡展让我们认识了世界，也让世界认识了我们。记得在威尼斯布展时，意大利的展陈人员对我们的布展人员说，如果他们的干活能力和速度跟我们一样的话，那么，他们就敢接全世界的活！殊不知，我们付出的心力也是他们的若干倍，在他们喝着咖啡"磨洋工"的时候，我们却在与时间赛跑。

Thanksgiving day 是西方的感恩节。2016 年我们在威尼斯度过了一个浪漫温馨的 Thanksgiving day。那天一早,我坐着公交船来到威尼斯海鲜市场,买了很多田螺和鱼,凌大厨用从国内带去的郫县豆瓣酱烹制了田螺,清蒸了虹鳟鱼,还烤了火鸡。在美林和秘书小歆的钢琴声中,我们一同感恩这些年带给我们的各种光荣和梦想。

Thanksgiving day

红包

常言道："文体不分家。"美林在文艺界和体育界均有很多朋友。2017年除夕的前两天，奥运体操冠军黄旭带着他妈妈亲手做的芝麻汤圆来拜年。每年正月里，我们都会给前来拜年的朋友递上一碗黄旭妈妈做的芝麻汤圆，寓意着团团圆圆。那天，黄旭一进门便问我："周老师，需要我做点啥吗？"我说："你帮着郭莹给员工包红包吧！"于是，黄旭便与郭莹坐在地上开始包起了红包……望着撒落一地的红包和这一对儿"金童玉女"，感觉像一幅"年画"。

服务员

  2016年12月19日，距离美林在中国国家博物馆举行的"韩美林八十大展"还有三天的布展时间，韩美林全球巡展总策展人赵力老师带领着布展团队在现场忘我地工作，我和美林也去了现场与大家并肩战斗。不知不觉到了深夜，大家似乎已经饥肠辘辘。美林让大儿子出去买了肯德基，并在现场亲自分给大家，连保安和门卫也不放过，吃完后还给大家发餐巾纸并收拾垃圾。当看到大师都做起了服务员时，大家干得更欢了。回家的路上，夜色因雾霾而伸手不见五指，但我们心里是敞亮的。

蛋糕

2017年的植树节，我和美林与大儿子了然坐着巴黎观光车，来到了位于巴黎14区蒙帕纳斯的历史象征——La Coupole餐厅。该餐厅中央有一方穹顶，故被称为穹顶餐厅。毕加索、亨利·米勒、海明威、阿拉贡、夏加尔、贾科梅蒂、萨特、波伏娃等都曾是那儿的座上客。餐厅的服务温馨而有特色。客人用餐时常常会出现全场灭灯状况，原来是该餐厅有一支特殊的生日祝福队伍，当颇为绅士的服务员高举着盛大的蛋糕唱着生日歌款款走来时，无论是谁的生日，全场气氛立马会被调动起来，有种莫名的感动！那天也是儿子的生日，我们也感受了一回喷着焰火的蛋糕向我们款款而来的激动，当酒足饭饱的我们正愁着硕大的蛋糕该如何享用时，凑近一看，原来那是一个用木头精心雕刻的蛋糕模型。

人马合一

2012年12月26日,有一位神秘嘉宾送来了一对神秘大礼——一白一黄两匹有着南美洲血统的英国Pony马,这是美林七十六个生日中最大的一次惊喜。从此,小白、小黄俨然成了我们家庭的成员,中秋节给它们做特制月饼;逢年过节,给它们穿上新衣。在一次馆庆活动上,看到姑娘们与马扎着同样的小辫翩翩起舞的情景,令人联想到"人马合一"。美林向来对马一往情深,马被他视为象征超越、奋进与红运的"龙种",而在韩美林的创作生涯中,马给了美林太多的精神、毅力、灵感和成就,故小白、小黄怎么被美林宠爱都不为过。

误区

　　某日，美林突然神秘地给我手写了一封信，结婚多年这样的情况屈指可数，我以为是啥天大的事。我打开一看，上面写着："喝汤几大误区：1.骨头汤补钙。（钙在汤里很少）。2.吃肉不如喝汤。（蛋白质仍在肉里）。3.痛风、糖尿病不可喝浓汤。4.煲汤越久越好是不对的。（蛋白质全完了）。凌子做汤时注意一下。美林。""九种食品放冰箱越放越坏：西红柿、土豆、红酒、洋葱、咖啡、大蒜、蜂蜜、辣椒酱、面包。凌子记住。美林。"

2099 年

美林的挚友漫画家蔡志忠老师是个天才。他的性格和生活方式也极为特立独行，与人交往时他遵从内心，看不上的人，即便再大的官他连睬都不睬；看得上的人，哪怕是一个小人物他也会慷慨赠画。他经常只喝咖啡不吃饭。但在美林这儿，他就是个小弟弟，纯良可爱。有一次，我们回杭州，他派人送来了礼物，里面有一张字条，上面写道："我自以为自己画画是最快的快手，但没想到您比我快快快多了，高兴人生有您这位老师和朋友。祝您能活到 2099 年年底，我们多多多快活！蔡志忠。"

心痛

某日,家里厨师和阿姨均不在,突然来了一群客人,这下我要亲自下厨了!除了买菜做饭之外,我一直陪吃陪喝陪聊,直到曲终人散。大概因为喝了点威士忌,我头昏昏沉沉地瘫在沙发上。美林和儿子见状心疼我,于是,他们自告奋勇地承担起了洗碗重任。等我早上起来,天哪!不但昨天买的蔬菜全都塞在冷冻箱里,且我心爱的杯子和盘子……怎么它们少了那么多?终于在垃圾箱里,我发现它们变成了一堆碎片。

大概是因为韩国电视连续剧《太阳的后裔》，宋仲基在中国几乎一夜爆红，我们馆的很多女孩都痴迷他。得知他即将与宋慧乔结婚时，姑娘们除了祝福甚至还有点小小的失落。恰好2017年去首尔参加"中韩文化界名人及友好人士交流活动"暨"美林的世界·百鸡百吉"艺术展时，我们下榻在首尔新罗酒店，楼下便是宋仲基和宋慧乔准备结婚的礼堂。当即将大婚的宋仲基得知在北京韩美林艺术馆八周年馆庆活动中员工们扮演了他的形象时，他感动地为我们的员工签了八张"玉照"。没想到，才过了两年，这些场景虽历历在目，却传来了宋仲基离婚的消息。

影迷

068 落难

这些年来，美林与韩国三星集团一直保持着长期的友谊，美林的全球巡展中的各种电子设备，均得到了三星的支持和赞助。成立于1938年的三星集团是韩国最大财团之一，据说其收益约占韩国GDP的百分之二十，影响力也几可敌国。我们在首尔巡展期间，当美林得知三星会长李健熙近来病重，其唯一的儿子李在镕因与上届政府的经济纠葛也进了监狱，便特意去参观了三星创新博物馆。他说："人在落难时更需要支持。"临别前，美林还在博物馆留言本上画了一幅《奔马》。

见证人

  美林经常说，他除了是一个空间穷人外，还是一个时间穷人，每天在忘我的状态下工作十六小时是常态。在美林的精神感召下，我们大家也不敢懈怠，一路与时间赛跑，完成了四座韩美林艺术馆的建设。最令我们动容的是，美林的第二部《天书》居然是一手怀抱刚出生的小儿子，一手握笔完成的。记得当时未满月的小儿子只要是爸爸抱着便不哭不闹且幸福感满满，他安静地、极其配合地在褪褓中目睹爸爸完成了这部具有历史意义的巨作。可以说，小儿子才是这部沉甸甸的《天书》的第一见证人。

"拿破仑"

  "拿破仑"是一款历史悠久的老字号法式糕点，有人说它的原型是意大利那不勒斯的一种杏仁蛋糕，因为那不勒斯的意大利语跟法国君主拿破仑的名字 Napoléon 很相近，人们也许觉得把拿破仑吃掉还是挺厉害的，于是便把千层酥叫作"拿破仑"了。美林尤其喜欢吃酥的东西，"拿破仑"则正中他下怀。每当美林拿着叉子吃着"拿破仑"时便会说，这一"捅"就破的——"拿破仑"。

珍惜

　　冯骥才是个大孝子。多年来，只要在天津，他每周二和周六晚上一定会提前一小时下班，去看望母亲。他说："母亲老了，我要把她当女儿来珍惜！"而母亲则会提前梳妆打扮，有时还会穿上旗袍，等候儿子的到来。今年的母亲节，大冯告诉我，他妈妈一百零五岁，这是他妈妈过的第八十个母亲节。清明节的前一天，杭州老友送来了当日采摘、连夜赶制的"明前龙井"。美林交代我说："赶紧寄给大冯妈妈！"并当即抄笔在茶叶包装上写道："3月10日采的茶，晚上炒出来的，今天早上给大冯妈妈寄出——美林孝心于杭州。"大冯和美林这对"最萌身高差"的好兄弟，平日里他们就是以这样的方式频频地传递着对彼此的爱。杭州女婿美林每年收到的第一份龙井茶必定先孝敬大冯妈妈，这是惯例。因为美林经常对大冯说："我没有妈妈了，你的妈妈就是我的妈妈。"

柿子

　　一年中,我们会在春秋两季回到杭州。有一年,记得是国庆节,喜得蔡志忠老师家树上的柿子一篮,篮中附了一封蔡老师的手札,手札中除了蔡老师画的柿子以外,还写了柿子八德:"树多寿、叶多荫、无鸟巢、少虫蠹、多子、双枝可玩、嘉实可餐、落叶肥美可临书。"节日收到如此有温度的礼物,真暖心也!

前北京卫戍区孙本胜政委有一对双胞胎外甥,美林在他们出生那年为他们画了幅画,题跋上写道:"两只小狗,两只小狗,长得快,长得快,一只一米七四,一只一米八三,真奇怪,真奇怪!两只小狗,两只小狗真可爱,真可爱,一只姥姥宝贝,一只姥爷心肝,真奇怪,真奇怪!二〇〇七年十二月三十一日海右人美林爷爷题。"没想到十几年后题词应验了,双胞胎哥俩除了性格不同外,个子真的是一个一米七四,一个一米八三!

无法解释

升级

我在意大利时买了一个钟,正面几乎是白板,后面有一支笔,我想,这样的设计也许是鼓励孩子们发挥想象力用涂鸦的方式进行二度创作。见笔就画的美林,看到后,拿起笔立马在钟上画上了一圈十二生肖,几分钟的工夫,一件工艺品变成了作品,到了美林手里,钟也升级了。

领保

　　我和美林在韩国首尔举办全球巡展时，常常去"大红门"（中国驻韩国大使馆）。参赞告诉我们，王毅部长制定的外交方针之一是"以人为本，有求必应"。比如，中国公民在国外遇到任何情况均可以打12308（"08"即"领保"的意思），意思是可以得到领事馆的保护，此举真是温暖又贴心。

恍若昨天

2001年12月31日我和美林的婚礼是由王刚和周涛主持的。2018年8月8日由美林设计的《己亥年》特种邮票印刷开机仪式在邮票印制厂举行，中国邮政盛邀王刚主持，老友相见分外亲，此时距离他主持我们婚礼已经过去十七年了，望着潇洒依旧的王刚，恍若昨天。2019年4月12日，王刚再次来我们馆主持美林"艺路七十"活动，顺便也给我们补过了一次婚礼。王刚说，十八年前他事先不知道美林结婚，只知道是去主持美林的展览开幕式。这下好了，圆满。

经常有人说南人北相，其实北方有些姑娘长得比南方人还水灵。比如，北京韩美林艺术馆的常静，出生于乌鲁木齐的她，一眼看去便是一个典型的江南美女，五官标致得无可挑剔，美中不足的是一口东倒西歪的牙。她来我们这儿工作的第一年，便对自己下了狠心，决定将自己的牙全部矫正一遍，据说矫正的第一步得先拔掉她原有的七八颗牙，再戴上那个遭罪的牙齿保持器一到两年，一口美观的牙才能呈现。为此，常静似乎有两年没能好好吃饭，而每次去医院复诊都得凌晨去排队挂号。两年后，当她终于能露出一口洁白整齐的皓齿灿烂大笑时，我了解其背后的艰辛，这是常静用自己一年的积蓄去协和医院找了最好的矫正专家完成的心愿，可见摩羯座女孩的雄心和毅力。

摩羯座女孩

"乾隆"

在 2019 年故宫办展的前后日子里，美林的兴趣关注到了康熙、乾隆几位皇帝身上。一日，人民出版社的侯老师前来拜访美林，参观完展厅后与美林聊得很投机，美林送了几本自己的书给他，我偷懒请美林代签一本我的新书《永不凋谢》送给侯社长。美林事后跟我说，当时签名差点签成了"乾隆"，看来美林真是"入戏"了！

把自己捐了

自 2013 年韩美林艺术基金会成立以来，我们深知成立基金会不易，但运营基金会则更难。所以，当姚明邀请美林担任"姚基金"理事时，美林觉得应该支持，便欣然答应。在第一次理事会上，美林对姚明和叶莉开玩笑说："我先把自己'捐了'吧！"

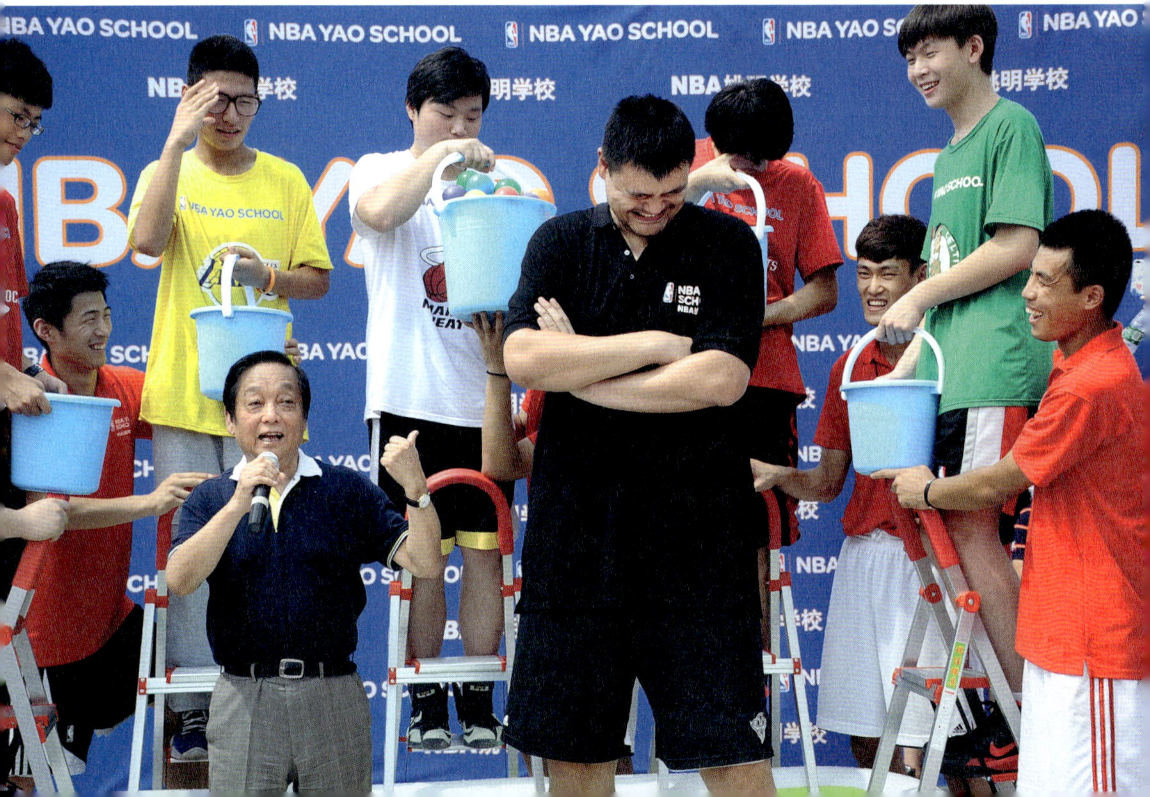

2019年美林故宫大展时，艺术馆远嫁的"闺女"们纷纷回来观展。这些"闺女"当年都是韩馆人，到了谈婚论嫁的年龄时，有的不得不根据实际情况而远嫁。不过，我经常对他们说："一日韩馆人，终生韩馆人。"这次趁着韩老师作品"进宫"，她们携夫君千里迢迢回来助阵。作为"娘家人"，我自然要在家设宴款待他们。酒过三巡，我跟"闺女"们说："这些年，你们在韩老师身边都站在了聚光灯下，感受了无上荣光，但离开韩老师后你们还是你们自己，不要将这里的光环带到你们现在的工作和生活中去，更要用平常心对待你的同事和家人，关心他们、爱他们……"当我说这些话时，在场的女婿们纷纷掉下了眼泪。

闺女

猪年伊始，中国万里骑士俱乐部为庆祝新中国七十华诞而举行的"第五届环中国边境万里骑行"发车仪式在凤凰中心震撼登场。新中国同龄人——凤凰卫视执行董事、中国万里骑士荣誉会员王纪言成为此次千人接力的第一棒。美林在接力的哈雷摩托车上亲笔画上一只"奔跑的小猪"，寓意"猪"事顺利、吉祥平安。这样还不过瘾，美林又亲自骑上这辆画有自己作品的摩托，此时的美林，真是英气逼人！

奔跑的小猪

082

没时间了

美林此生爱交朋友，对待朋友掏心掏肺，身边来来往往的朋友很多。近年来，美林经常挂在嘴边上的话是：“此生朋友就这么几个了，咱们彼此珍惜吧！因为我们不可能再用几十年去交一个朋友了……没时间了！”

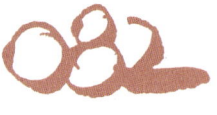

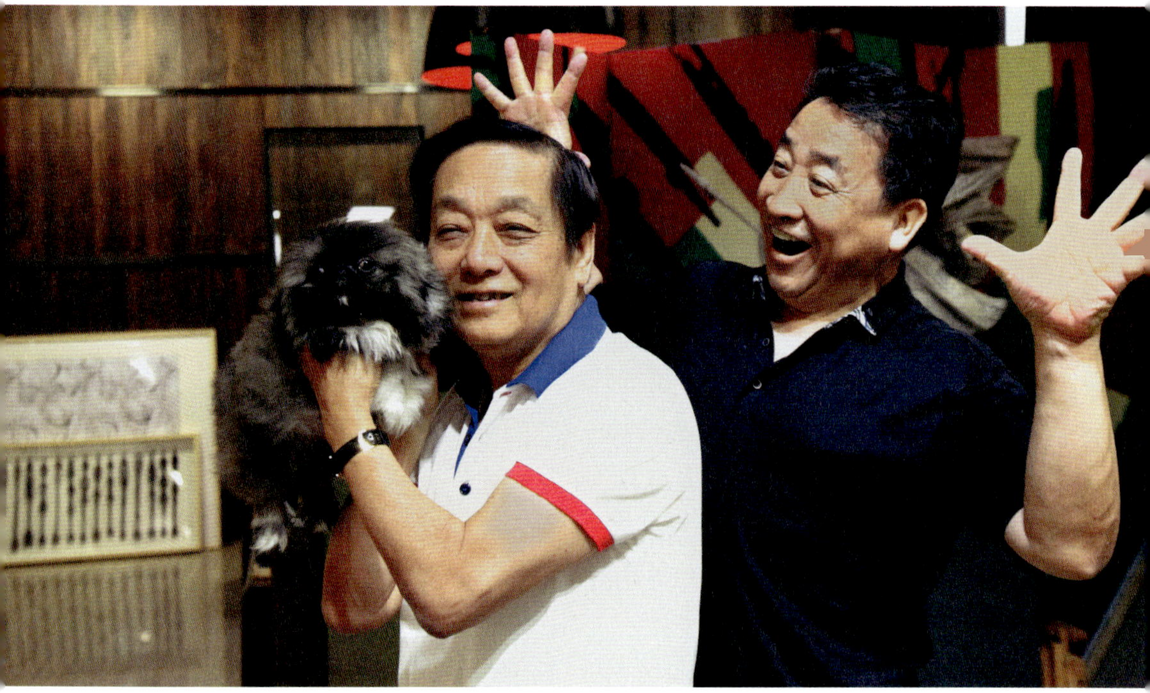

六十六

有一天,美林专程去北京喜剧院欣赏陈佩斯和杨立新的话剧《戏台》。看到近千人的剧场座无虚席,美林颇为感慨地说:"佩斯这些年不易,人生低谷时到山上去种树。"演出结束后,美林来到后台,从怀中掏出一叠还"热乎"的小画说:"佩斯,过几天就是你六十六岁的生日了,你属马,我出门前画了六十六匹马,祝你生日快乐!"

双子有双子的好

我在单位时,有同事告诉我,双子座的人难相处。我的理解是双子座是双重性格,比较难驾驭,以至于我们馆招聘时我要求尽可能回避双子座。可回家一看,每天与我们朝夕相处的竟然有四个双子座(两个大厨,一个阿姨,一个秘书),我开始留意他们共同的优点:创新和颠覆。嗯!双子座也有双子座的好。

禁止随地吐痰

　　会议开小差对美林来说是家常便饭，他一心可以两用，甚至三用，他的手几乎闲不住。开会时，他一会儿给这个画一个小动物，一会儿给那个画一个"光腚"（人体），这番情景再正常不过。但有一次，在听了某人的发言后，他竟然画了一张"禁止随地吐痰"的画。

口罩

新冠肺炎疫情的肆虐，让很多朋友都没法见面了。两年没见的好友、联合国教科文组织原官员汉斯（Hans）戴着美林元素的口罩，从纽约植物园的草间弥生展到布鲁克林博物馆的 KAWS 展，再到纽约大都会博物馆的 Alice Neel 展……一路穿梭，他频频发来各地戴着美林元素口罩的照片，这不失为向好友表达思念的一种方式。

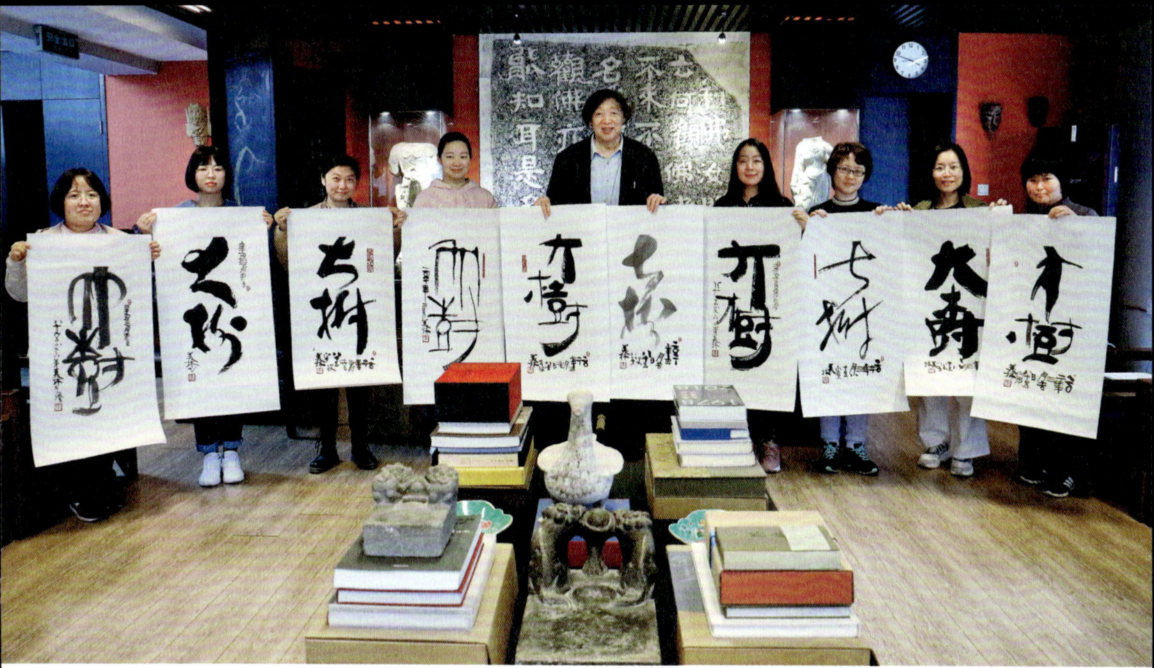

087

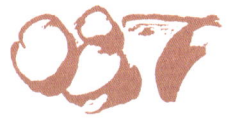

惊喜

大冯请美林为冯骥才研究院的期刊《大树》题词，美林为了表达自己的情感，居然一口气题写了十幅。这十幅不同字体的“大树”是美林用来抒发对疫情期间好久不见的老弟的思念。美林总是这样，喜欢给爱他和他爱的人惊喜。

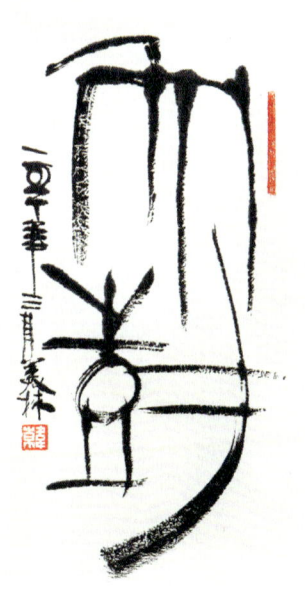

鸟语花香

　　杭州植物园是知名的中国植物科研基地，园内有诸多名贵植物，倘若沉浸其中，没几分钟，相信你便会被香气弥漫的美景所陶醉。杭州韩美林艺术馆就坐落在这样一个鸟语花香的世界里。不过，说到鸟语花香，鸟语却没有花香那么动人。特别是园中那几只放养的孔雀的叫声，说实话，与孔雀羽毛相比，孔雀的叫声的确不那么悦耳。每当它们情绪高涨发出恐怖的叫声时，大家都严重怀疑把"鸟语"和"花香"这两个词放在一起的人肯定没见过孔雀。所幸的是，在大声鸣叫之后，孔雀便会开屏。那孔雀仿佛在说："虽然我歌唱得不太好，但画面还是挺美的，不信你瞧瞧！"于是，一切又变得如此美好。

和美林结婚二十年，我的艺术细胞也多了起来。银川韩美林艺术馆开馆的前一天，我发现设计师设计了一棵穿过咖啡桌子的酸枣树，树是好树，只是树枝光秃秃的，显得有些凄凉。因为是冬天，我想起了最近美林创作了一幅梅花，灵机一动，便去买了一些爆米花，将它们穿在酸枣树的刺上，装点在树梢头，效果还真如梅花。到现在已经是银川馆建馆的第六年了，但"梅花"依然盛开。

爆米花

一天晚上，我和美林忽然心血来潮，决定突击检查员工宿舍。对于"从天而降"的两位"大侠"，员工们有些猝不及防，有的假装睡觉不开门，有的手忙脚乱地开始收拾脏乱差的屋子，有的居然烧着电炉吃着火锅……第二天，我们就召开员工大会，一方面强调要严肃纪律，另一方面我们也在思考："如何才能让员工们的业余生活变得更加丰富而有意义呢？"

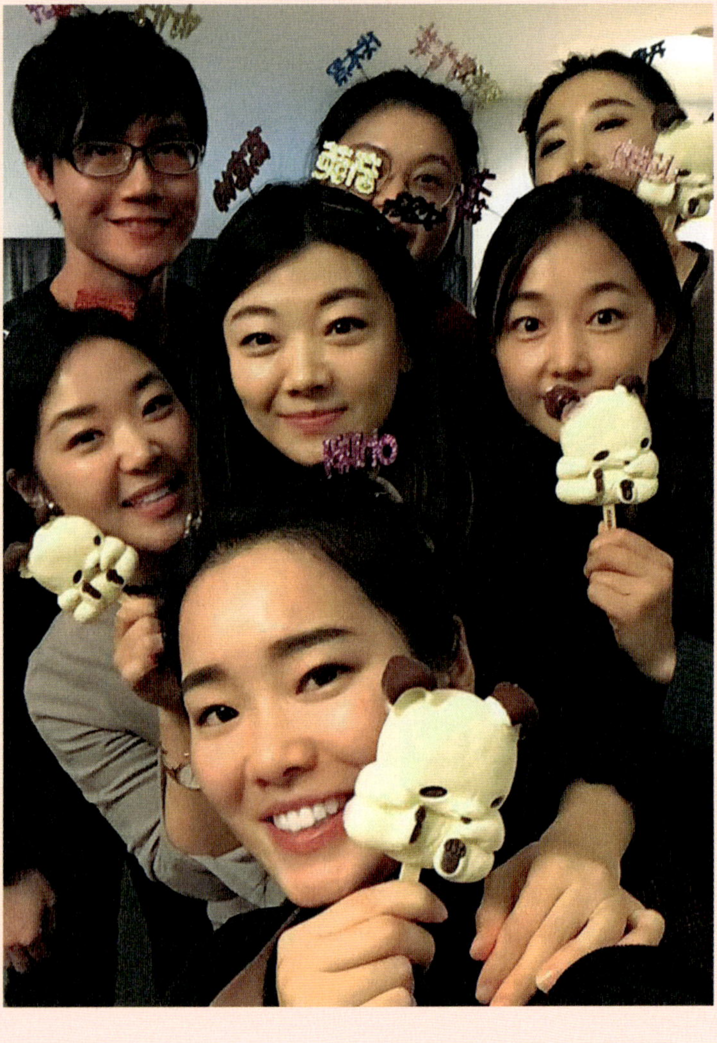

突击检查

华尔兹

银川韩美林艺术馆坐落在贺兰山上，员工们工作时需要上山，因此他们与外面纷杂的社会是相对脱离的。银川馆的孩子们比较单纯，这些年学习氛围也营造得比较好，闲暇时间，诸如读书会、英语角等活动做得风生水起，背靠壮美的贺兰山，员工们经常会做些抒发情感的事。记得有一年的春节，天降大雪，雪后的贺兰山风景如画，员工们在艺术馆门前扫雪，不知谁出的主意，大家竟然模仿起谢晋导演的电影《芙蓉镇》里姜文和刘晓庆跳着华尔兹扫地的情景，那情景甚是动人。

悠着点

　　大冯和美林是一对好朋友,美林亲切地称大冯为"大家长",大家长只要从天津来北京开会办事,通常都会在我们家歇脚吃顿饭,并且要四处转转,巡视一下各方面的工作。每次,大家长的重要指示都有一条,就是劝告美林三个字:"悠着点!"

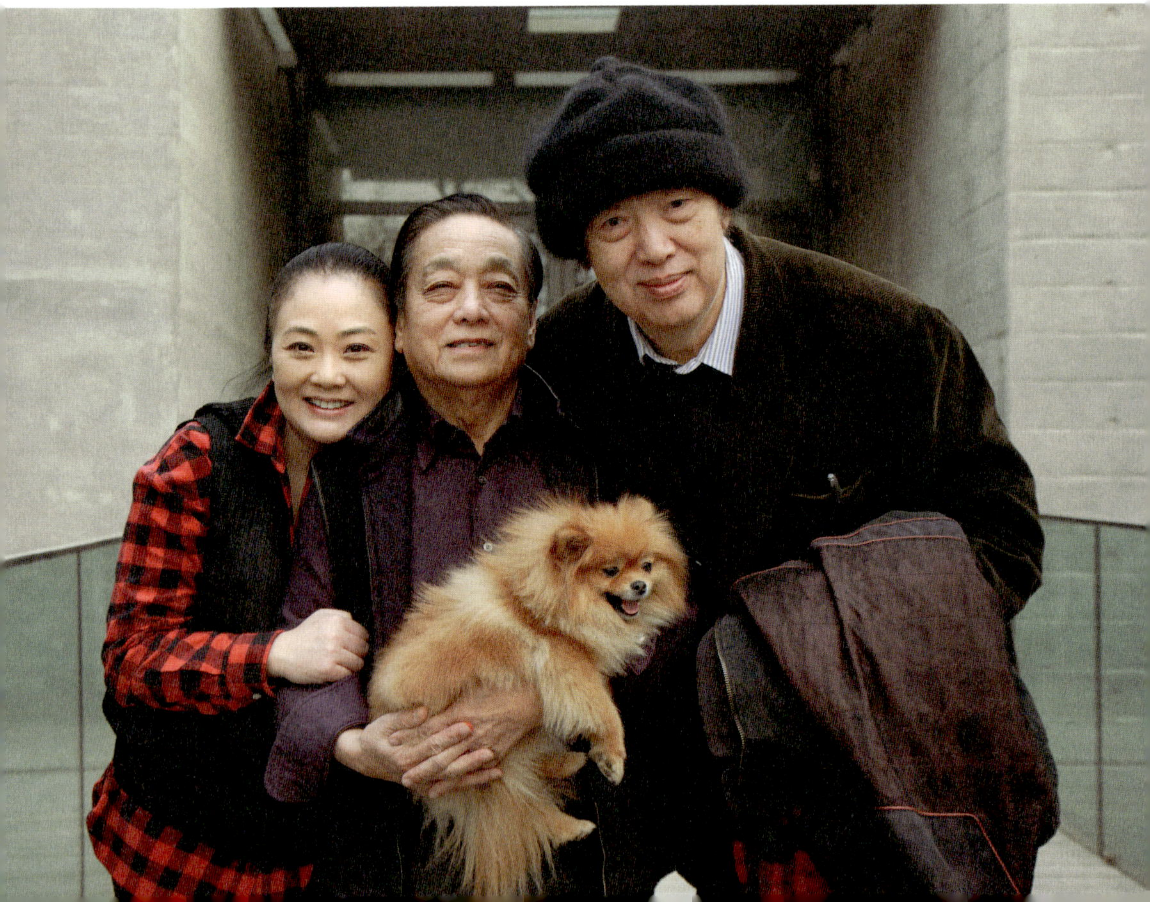

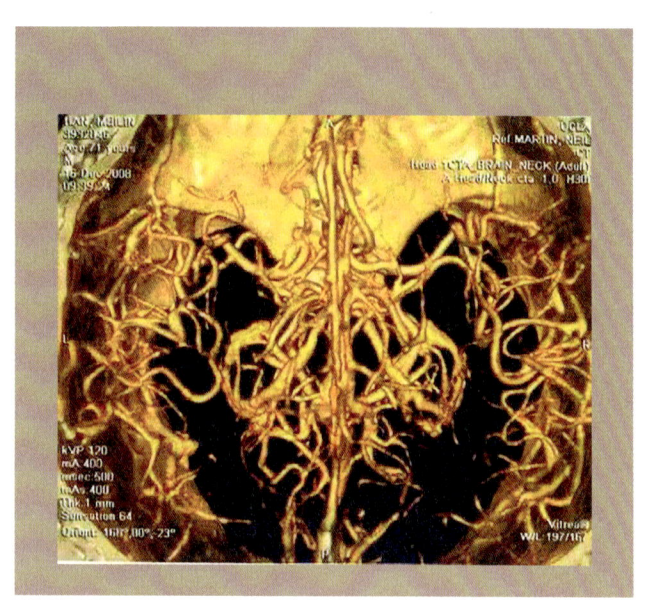

脱髓鞘

　　美林因糖尿病造成循环系统缺血而经常头晕。为了确保美林的创作状态和生活质量，这些年医生们也用了各种方式来疏导美林的血管，每年都会用增强 CT 来检查其身体各部位的血管病变程度。当检查到大脑时，影像科主任像发现新大陆似的说："韩老师大脑太干净了，居然没有看到一点脱髓鞘，别说老年人，现在中年人都做不到，简直不可思议！"这件事令我想起 2008 年美林因颈动脉狭窄赴美寻医，世界神经外科主席、美国 UCLA 神经外科主任马丁在给美林做脑部核磁检查时也像发现新大陆似的说："韩先生，你的大脑漂亮得像一幅画！"现在，美林还经常拿出那幅漂亮得像画一样的大脑神经照片逢人便说："看我的大脑！一点脱髓鞘都没有。"大部分人还是第一次看到大脑神经照片，觉得很神奇的同时便会摸着脑袋问我："美林刚说的'脱髓鞘'是个啥意思？"

大家长

经历过人生大起大落的美林绝对是一个称职的大家长,他总是像只"老母鸡"那样呵护着艺术馆的孩子们。十年前我生日的那天,员工们请我下楼,送给我一本纪念册,里面写满了大家的祝福语。正感动时,我抬头一看,想看看美林在黑板上写着什么,走近一看:"今天忙的(得)没礼物,一生嫁给你算不算礼物?美林。"弄得现场的员工们大叫:"韩老师又在撒狗粮啦!"其实,这何尝不是婚姻"保鲜"的一种方式?平日里,当员工在工作和生活中遇到挫折时,美林总是以老子的"祸兮福所倚,福兮祸所伏"来开导大家,他说"福"与"祸"是相互依存、互相转化的,只有在逆境中百折不挠,才能变逆境为顺境。

核桃

美林爱吃核桃,他总说核桃是个宝。在我们工作室的院子里,种着几棵核桃树。二十年来,每年的秋天,我们总是要去工作室的核桃树上打核桃,这几棵树结出来的果实,足够美林一年的"口粮"。美林的聪慧以及血糖、血脂、血压的调节,这几棵核桃树可以说是立下了汗马功劳。

葱油饼

美林对美食有着独到的见解,平时虽然不怎么下厨,可对于怎么做出来的东西更好吃,他都说得头头是道。对于美食,美林也不全是理论。有一次,大儿子的小伙伴来家里吃饭,为了露一手,美林亲自下厨烙了他拿手的葱油饼。就像平时画画配色一样,他做的每张饼都确保焦黄色,不达标绝不见人,色香味俱佳的葱油饼受到了大家的热烈欢迎。饭后,美林还与年轻人谈起了人生哲理和养生之道。

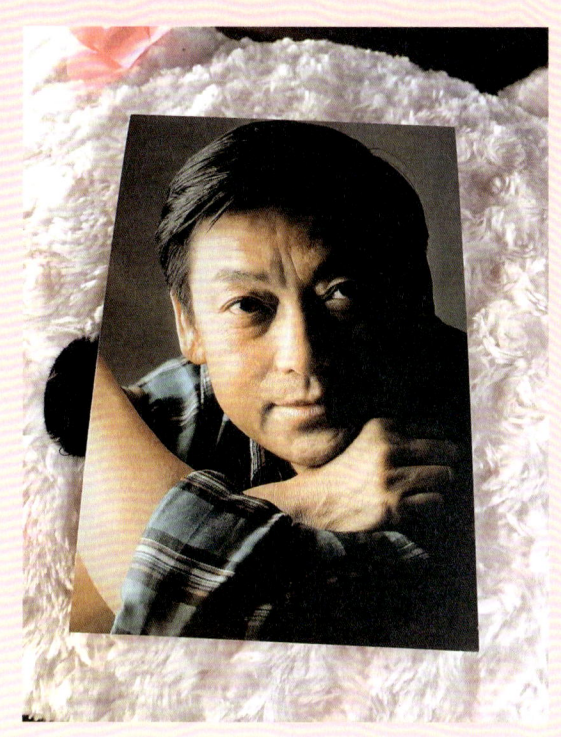

2017年美林全球巡展走进威尼斯，有两位意大利女观众走进展厅，递给我们值班人员三瓶 Prosecco（意大利特产的起泡白葡萄酒）。她们是第二次来到我们的展厅，当我们的工作人员告诉她们说墙上的明信片可以随便拿时，她们不假思索地选择了韩美林肖像系列的那套明信片。在她们眼里，韩美林非常英俊。关于这一点，我是觉得她们还是挺有眼光的。

英俊

推销感情

美林内心深处对世界的大爱深情,是他创作灵感生生不息的源泉。他是一个特别看重感情的人,性如烈火,敢爱敢恨。有一年,在韩国首尔出席中韩建交二十五周年活动时,韩美林举杯深情地说:"我不是政治家,我不会推销政治;但我是艺术家,我会推销感情。"听了这话,我不以为然,美林的感情和他的才华一样,哪还用推销,早就如泉水般喷涌而出了,这一点在他身边的人都有切身体会。

《大长今》

在美林全球巡展的韩国首尔站中,最令人期待的是我们能与挚友、韩国驻中国原大使金夏中夫妇重逢。对于这位虔诚的基督教教徒来说,尽管我们彼此已有十年未能见面,但他每天都在为我们祈祷,保佑美林幸福,全家安康。在首尔期间,金大使专门请了《大长今》中的厨师为我们烹饪了美味佳肴。盛情难却,别的《大长今》都是用眼睛看的,我们这里还加上了用心品尝,真是受宠若惊。

活宝

  美林有两个兄弟，这几年哥哥、弟弟相继去世，令人感到人生真如匆匆过客。2020年3月，美林做了椎动脉药物球囊扩充手术，又从鬼门关上走了一遭，术后美林打电话给大嫂说："大嫂，雨后天晴！三兄弟留下我这么个活宝，能给你讲笑话，也不错！"自称"活宝"的美林，总是能用自己的乐观和豁达感染着身边的每一个人。

一时兴起

在欧洲,一座桥的两头连接着两个国家,是件不足为奇的事。有时候一时兴起,去另外一个国家吃顿饭,也实属正常。全球巡展期间,为了自己的"中国胃",美林就经常如此,其原因是桥那边有一家他心仪的中餐馆。这个一时兴起的背后其实是美林对中餐的念念不忘。美林经常说:"在吃的问题上,你让我叛国我都叛不了。"

题跋

　　美林多才多艺,他在很多画上的题跋都让人过目不忘。北京韩美林艺术馆开馆前夕,美林为该馆量身定制了一幅《儒牛图》。

　　右侧题跋:"2008年,端午节下晨起练手,搁笔深思:自屈子始诸辈遗愿令余至死不忘一生教诲。其中尤叹彭德怀句:我死了以后把我的骨灰送到家乡,把它埋了,上头种一棵苹果树,让我最后报答家乡的土地,报答父老乡亲!这中华魂魄!美林拍案写儒牛图。"

　　左侧题跋:"余此生只抓一个'艺'字为耕,收拾凡心,不思功名,不谋衣冠,上苍告诉我:韩美林,你就是头牛,这辈子你就干活吧!而今余已七十有二,自蒙学至今日僅:抓住一个'牛'字,亦我老牛也。故我纵然天去也已知足。老子曰:知足之足常足矣。齐鲁海右人美林于新艺术馆。"

义拍

2020年12月21日，为助力祖国的美育事业，我们将与美林相伴了十年的创作围裙，在韩美林日"益+艺"慈善义卖中进行了拍卖。拍卖底价从人民币一元开始，一路飙升到五万元成交。那晚的拍卖，我们还拍了一件美林的法式衬衣，拍卖会一结束，藏家纷纷拿着拍品找美林签字，美林边签字边说："你们干脆把我也拍了吧！"

104

座右铭

　　首座韩美林艺术馆的倡导者、杭州文联原主席、曾经与我共同主持电视节目《相约龙井》的搭档——薛家柱老师前段时间因病去世了。临走前，他为自己题写了碑文："我生活过了，思索过了，用整整一生做了小小的耕耘。岁月刻下的每一笔皱纹都是令人回味的人生脚印。人生就是攀登，走上去，不过是宁静的主峰。死亡也许不是穿黑袍的骷髅，它应该和诞生一样神圣。这才是我意志的考场、才能的准秤。越接近死亡就越是对人间爱得沉沦。哪怕躯壳已如斑驳的古庙，而灵魂犹似铜铸的巨钟，生活的每一次撞击都会发出深厚悠远的声音……"前段时间，我回杭州时，第一时间去南山公墓看望了他，我对薛老师说："时光荏苒，生命短暂，生和死都是生命的一部分。您的碑文是后人最励志的座右铭。"

巴伐利亚帽

2015年年底，美林去位于巴黎的联合国教科文组织领奖前，顺道去欧洲其他地方采风。没想到很少生病的美林却一路高烧不退，到慕尼黑甚至还住了院，出院后飞到了巴黎仍不见好。翌日早晨，我买早点回来发现美林和儿子齐刷刷戴着"巴伐利亚帽"，正坐在沙发上看电视呢。不管是生病，还是发烧，美林就是个大孩子，永远童心未泯。

乐捐

　　大儿子了然已经成长起来了，作为"传承中国"执行副主席的他告诉我们："传承中国"有一条不成文的规定——"乐捐机制"，即在所有集体活动中，不管活动大小，凡是有迟到早退的，一分钟捐一百元。我觉得年轻人有这样的自我约束意识挺好，值得我们学习。

春天

有人说，我是一个"大疯子"带着一群"小疯子"在玩命，其表现方式是虐脑、虐体、虐心，甚至连在三万英尺高空上也不放过；而美林则用其专有的宠爱方式来为大家减压，其表现方式便是一个"老农民"带着一群"小农民"到处吃吃吃，基本吃的都是土菜，或许正是因为有了这样的白脸和红脸的组合，才有了我们事业的春天。

还在免疫期

2015年的夏天，中国驻意大利大使李瑞宇来访。送走大使后，我突然发现家里的大秘、外号"二姐"的郭莹在洗手间拿着肥皂用力地搓手。我问她："怎么了？"她说："没事，刚才家里的'小白'（一匹Pony马）抢吃我手里的萝卜，咬了我的手。"我赶紧问："出血了吗？"她说："一丁点，洗洗就好了！"我赶紧安排司机带郭莹去医院打狂犬疫苗。郭莹说："不用了，前几天刚被'小白'咬过一回，才去医院打了针，还在免疫期。"

矛盾论

艺术家总是突发奇想，经常做出些离谱的事，美林的思维也很跳跃，有时候我会忍不住"教训"美林几句。这时候，美林一般会回敬我说："你要是不'呲'我，我倒不习惯了，有'矛'必有'盾'嘛！要是没有这些矛盾，我还真没法进步了。"

美林一生命运多舛，经历了三次大手术，均是因为血管的问题。最后一次手术是在北京医院做的。一天，我跟北京医院季院长开玩笑说："季院长，我拜托你一件事，你能为美林保驾护航到一百岁吗？因为那个时候我们小儿子才成年。"季院长略有迟疑地说："一百岁？"我觉得有点尴尬，自己提这样的要求是不是很过分呢？刚想说点什么，季院长语气坚定地说："起码一百三十岁！"

130 岁

很多人不知道美林会写书法，是因为美林很少拿自己写的字给人看。其实，美林五岁便开始临摹颜鲁公，一辈子鼓捣各种古文字，但直到七十岁才敢将自己的字拿出来。记得黄苗子去世前曾说，等到自己身体好了，一定要临摹美林的狂草。和黄苗子交流学书心得，一直是美林心心念念的一个愿望。可惜，斯人已逝！

临摹

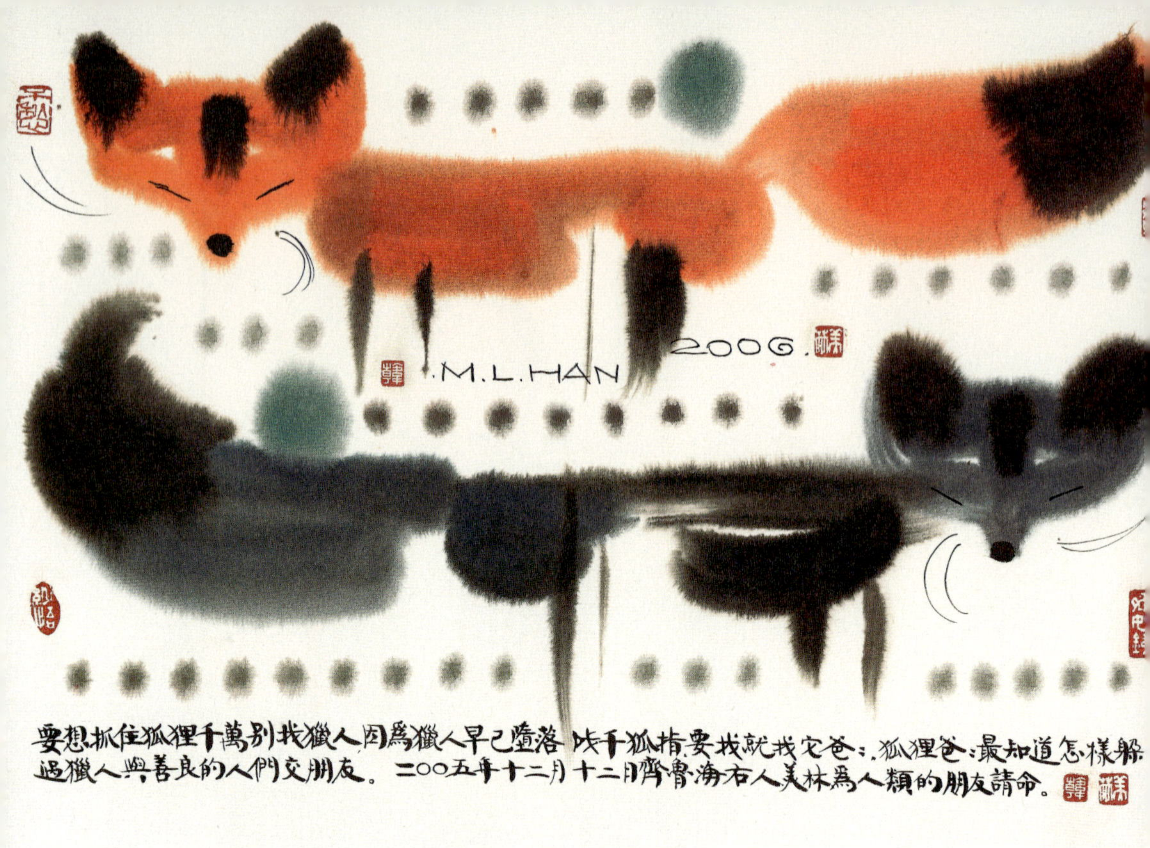

要想抓住狐狸千万别找猎人,因为猎人早已堕落,跌千狐指要找就找它爸:狐狸爸:最知道怎样躲过猎人与善良的人们交朋友。二〇〇五年十二月十二日齐鲁海右人美林为人类的朋友请命。

金丝雀变狐狸

  美林感觉到他工作室有的学生犹如金丝雀一般,没有生存本领也就难以在社会立足,他说:"你们去自己发展吧,三年后混出个样来给我看。知道狐狸吗?大狐狸等小狐狸断奶后将它们扔出去,让它们自己去觅食,小狐狸一旦跑回来,大狐狸就会咬它们,然后再把它们扔出去。我也应该学学大狐狸让你们自己独立生活了。现在正是一个很好的时机,到社会上锻炼锻炼吧,外面的天地也很开阔。"

113

团圆

  北方人爱吃大核桃，南方人则爱吃小核桃。每年的秋天，便是小核桃收获的季节。前些年，浙江临安独辟蹊径推出了一种叫"团圆"的小核桃。"团圆"的到来着实颠覆了我对家乡小核桃的固有印象。然而，我一直纳闷"团圆"是如何完整地破壳而出的。原来是那些拥有几十年剥小核桃经验的师傅一颗一颗用手敲出来的！真是令人肃然起敬。前段时间回杭州，我的一个小学同学告诉我说，每年秋天，他们医院便会救治很多为了采摘小核桃而从山上跌落的山民，因为小核桃树多数长在悬崖峭壁上，且山区气候潮湿，采摘难度大，容易发生意外。我由此想到，我们平时享受这些美味的同时，更应该感恩并祈福。

114
金莲

　　美林在生活中是一个非常幽默的人,不急不躁,而我向来是一个干事风风火火的人,我们俩的性格有很大一部分是互补的。一次,员工谈完工作刚走,我想起还有一件事要跟她说,便赶紧冲出去,没想到踩到了美林的脚,美林应该还是挺疼的,他龇牙咧嘴地说:"哎哟!你踩到我的'金莲'了!"

大黑痣

疫情以来,四座馆的同事都学会了线上会议。为了工作方便,有时我们也采取线下线上同步进行的方式来提高工作效率。美林开会时经常开小差,要不就是拿起笔来一张一张地画小画……这不,又该他表态发言了。他冲着视频里的杭州典尚设计公司总监陈耀光半天没想起该说什么来,最后冒出来一句:"我净看你脸上那个大黑痣了,没听到你讲了什么……"

鼓励

朋友们都说我热情好客，每天我们家总是宾朋满座，喜欢清静的人也做不了美林的媳妇。生活中，美林待客热情大方，可我比美林还要热情、还要大方，常常超过美林的预期。不过不管我对朋友如何慷慨，美林不但不会小心眼，还会鼓励我说："我为有你这个好媳妇儿而骄傲！"生活在这样的鼓励下的我，能不热情好客吗？

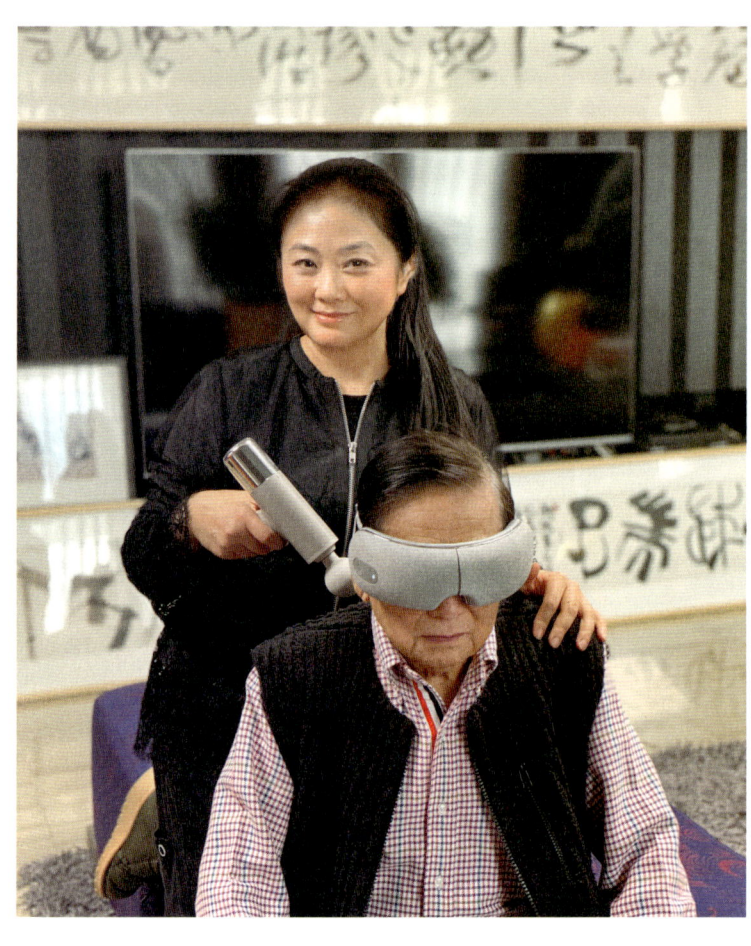

家长

  美林做人真诚自然,讨厌那些繁文缛节,在我们家吃"韩家菜"有个不成文的规定,不管同桌的年龄大小、职位高低,一律人人平等,不许站起来敬酒,更不许走到对方面前敬酒,宣布规定后改不过来的,要罚酒。每次开席时,我都会说:"美林宣布开餐了。"此时,他总是会回敬我一句:"你是家长,你宣布!"

打官司

钞氏兄弟钞子艺、钞子伟,是一对孪生兄弟,在陶艺界算有点名气。不过,兄弟俩吃亏在形象上,瘦骨嶙峋似乎有点尖嘴猴腮的感觉,属于撑死也不胖的那种体质,且不善言辞,故在事业上屡屡吃亏。哥哥钞子伟是美林在清华大学的博士,有一次他被人欺负得让韩导师实在看不下去了,便助力学生打起了官司,最后官司赢了。帮学生打官司,天底下的导师中这也算是不多见了。

2013年，我在武汉参与举办金鸡百花电影节，与刚从北京电影学院分配到中国电影家协会的李蕊共事。一天晚上，大家吃完湖北的小龙虾，在散步回酒店的路上，小蕊往我的左耳塞了一个耳机，往她的右耳也塞了一个，我俩共同听着一首她自编自弹的钢琴曲。刚刚喝了点啤酒，有点微醺，音乐响起的时候，我的大脑猛然浮现出画家曾传兴的作品《纸新娘》，于是断然决定要牵根红线做他俩的媒人。很快，两位有情人以迅雷不及掩耳之势终成眷属，缘分有时就是这么奇妙。

媒人

我们家大秘郭莹由于专注于工作而不屑于做些生活类小事且经常丢三落四,故被大家称为"二姐"。工作上的事她就堪比活电脑,啥事都记得特清楚。生活琐事,她往往忽略不计,常闹笑话。郭莹是有福之人,家里的大大小小琐事都是她先生操心。有一次,郭莹的先生唐岳问郭莹:"你还记得618是啥日子吗?"郭莹不假思索地回答:"618?京东活动日吧?"其实,618是他们的结婚纪念日。

二姐

十年前，受克拉玛依市政府之邀，美林前往新疆克拉玛依考察，为创作该城市雕塑《克拉玛依之歌》收集素材。当美林看到荒漠的捍卫者和边关的守护神——胡杨时，他很是激动。得知全世界百分之九十五以上的胡杨生长在中国的新疆等中西部地区，美林觉得应该用"生而不死一千年，死而不倒一千年，倒而不朽一千年"的胡杨精神来歌颂这座城市。但开了研讨会后，美林又觉得克拉玛依几代创业人的故事非常动人，用几代人创业精神和井喷的理念来表现这座英雄的城市更为贴切。于是，胡杨便深藏于美林的心中，直到最近接到一项国家重要任务，美林心中的胡杨终于盛装登场，一举成功。可见艺术需要沉淀、咀嚼和历练。

井喷

122

岁月

二十年前，我刚嫁给美林时，家里来客人，年龄基本上数我最小，大家叫我嫂子有点不好意思；二十年后，家里来客人，除了美林，基本上数我年龄最大，大家顺溜地喊我嫂子。岁月无声，一切都留在了时光里。

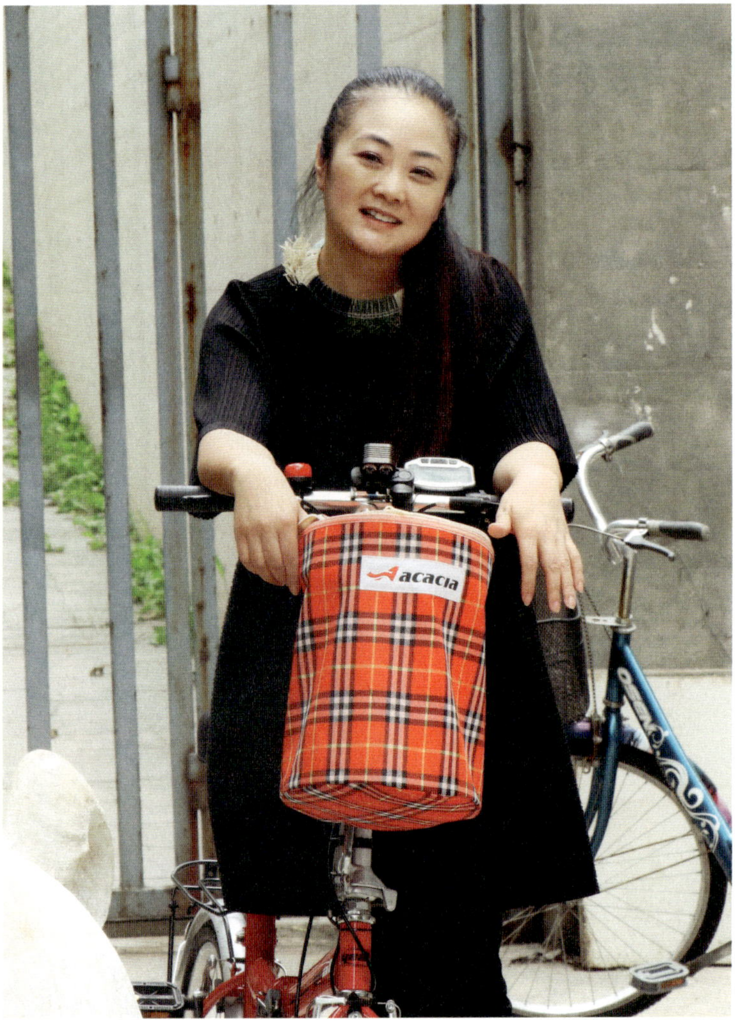

践行

  美林在艺术上追求极致，为了创作出能够打动人心的作品，美林对各种清规戒律从来都是不屑一顾，总是不断突破。因为这一点，美林很欣赏苹果的创始人乔布斯。乔布斯生前说过："我们不要被教条所困，因为教条是别人的人生经验。我们需要保持饥饿，保持愚钝。"同样，这也是美林所追求的，在艺术创作中美林也正是这样践行的。

124
母校万岁

2018年4月1日,中央美术学院建校一百周年校庆。美林作为学生代表上台发言,他哭着说:"离开母校六十六年了,就如离开大陆六十多年的台湾老兵回来的心情一样。1956年,庞熏琹老师带着我们这些刚在中央美术学院上了一年学的学生,来到了在全国工业合作总社领导下的、新成立的中央工艺美术学院,第二年,便有十八个人被打成'右派'——今天,朱军山和我像散兵游勇般地回来了——母校万岁!"

没有十字架

这是我们得知爱将生病后的第一个佛祖吉祥日。受中国佛教协会会长演觉方丈的邀请,我和美林去了广济寺,演觉方丈送了我们每个人一串开过光的佛珠。之后美林一直将佛珠带在身上,有空就拿出来放在手心里,边摩挲边说:"活泼可爱的韩美林这回恐怕要沉默一阵子了。"我说:"美林,你的爱将是基督徒呢。"美林委屈地回答:"我又没有十字架。"

126

熊猫外交

美林笔下的小动物人人喜爱，特别是熊猫，更令人爱不释手。1998年，美国总统布什访华，就是我们常说的"老布什"。受中国对外友好协会之邀，美林在北京国际俱乐部布什总统的欢迎宴上，将自己的一幅熊猫作品送给了他，总统出乎意料又有点受宠若惊，当即取下自己脖子上雕有国徽的领带夹，对美林说："我没带礼物，就把这个送给你吧！"回国以后，布什总统还给美林写来了一封热情洋溢的信，信中附上了他在休斯敦的办公室与美林熊猫作品的合影。这恐怕就是"熊猫外交"吧。

有一年，我陪美林去南通参加全国陶艺会，美林是中国美术家协会陶瓷艺委会主任。印象中，我们住的酒店房间客厅奇小，卧室奇大。白天会议结束后，陶瓷艺委会几位副主任白明、吕品昌、左正尧等人到我们房间来开小会，到了晚上还未吃饭，我赶紧去餐厅叫了点酒菜，招呼大家边吃边喝。喝着喝着，美林大概有点困了，就去卧室躺下了。我们几位则越喝兴致越高，美林尽管躺在床上，还是有一搭没一搭地跟我们聊着天，为了方便与美林聊天，我们索性将"战场"搬入卧室。

我们喝着、聊着，直到美林彻底睡着，也不知到了几点。

我醒来的时候已经是第二天了，美林坐在床边对我说："昨晚你们够折腾的，满地狼藉，我起来后足足收拾了一小时。"

收拾残局

失而复得

　　在北京韩美林艺术馆的书画厅有一幅国画《大猫图》，一红一黑两只猎豹线条简洁明朗，形象地展示了猎豹矫健的身姿。而此画的题跋尤其耐人寻味："辛巳小龙年三月，见原作大猫图，失而复得，仰天一叹，因思人穷志短，见钱眼开，不做朋友做蟊贼。美林。"每当讲解员讲到这幅画的传奇经历后，观众总会惊讶地感叹，原来这幅画曾经被人盗走过，是公安人员在侦破另外一个案件时意外发现了这幅画，遂送还给了美林。于是，美林当即挥毫为这幅画写了新的题跋。其实，美林一生中有不少作品曾因各种原因而失散，《大猫图》算是失而复得的少数"幸运儿"。

"西葫芦"

我一直从事电影方面的工作，卢燕老师是我的多年好友，没想到她早年便认识美林，缘分如此奇妙，卢燕老师和我们是"亲上加亲"。卢老师对于我当年放弃与美林的孩子一直耿耿于怀，后来当我决定要孩子时，她举双手赞成。她拍戏时，每到一个地方，不管是当地寺庙，还是送子观音、"求儿洞"……她都会为我们祈福。

有一天，卢老师送给我一个法国动画片《西葫芦的生活》中那个叫"西葫芦"的勇敢小男孩的玩偶，我很喜欢它，并将它放在我们的床上。送走卢老师，回到卧室，我发现美林在"西葫芦"小男孩上面放了一张小字条，上面写道："周妈，给我生个弟弟。"美林在"西葫芦"小男孩上方还放了一个咸鸭蛋，咸鸭蛋上画了一个小男孩。之后不久，属于我们的"福娃"——韩天予降临人世。

提案

美林有很强的责任感,向来以天下为己任,在一点一滴的小事上也不例外。每天一早送儿子上幼儿园后,我们总会去边上的一家粥店吃点东西。小店没什么人气,我发现这样的店大部分营业额是靠外卖收入,经常看到外卖小哥们在店外凛冽的寒风中哆嗦着等候取外卖。面对此情此景,美林几次向店长提出建议,应该给外卖小哥准备一个室内的等候区。过了没多久,该店部分区域开始装修,原来韩委员的"提案"奏效了。

131

年货

　　每年的12月26日，美术界好友周海歌总会带着他的哥们团队浩浩荡荡地从南京奔赴北京为美林送来生日贺礼。来送生日贺礼的队伍像一支夸张的传统年货运输队，团队中每一位都抱着一筐土特产，列队前来，感觉就差一位吹唢呐的了。他们每年送来的猪肉存储量可以满足我们这个大户人家整个冬天。这些年来，我们似乎还挺期待这支年货队伍的，尽管送的是一些再土不过的特产，但比起当今随大流的送虫草、燕窝、爱马仕等物要更加喜庆和更接地气。

父亲节大餐

孔孟家乡的人比较注重传统礼节，美林也不例外。每年的母亲节、父亲节等各种节日，美林总是要向我的父母表示点心意，今年的父亲节也不例外。但比较特别的是，美林居然还收到了三岁儿子的祝福——天予用儿童手工材料为爸爸做了一份"大餐"。当儿子认真喂着爸爸吃自己做的mini版"美食"——西蓝花、牛排、炸鸡块和熊猫寿司时，尽管爸爸觉得味道不能接受，但还是硬着头皮咽下去了。这里面是儿子满满的爱。

找爸爸

  2019年10月1日，新中国七十周年大庆，美林去了天安门广场参加庆祝活动。两岁不到的小儿子知道爸爸去了天安门现场，他表现出前所未有的兴奋和耐心。他当时拉着馆里的哥哥姐姐们一起观看国庆电视直播，眼睛一眨不眨地盯着电视画面，一直要在电视里找爸爸。

韩美林"艺术大篷车"从 1977 年开始便行走于文化艺术的"三江源",这是美林汲取创作灵感、保持不竭的创作激情的法宝。2021 年某日上午九点,美林率领着他的"艺术大篷车"再次启程,怀揣着几十年来累积的"美林密码"前往宜兴、杭州、上虞,开启了又一次艺术创作之旅,为年底在故宫举办的"韩美林天书艺术展"创作陶瓷作品。美林以他那超越常人的专注与坚持,竭尽全力地赋予每一件作品以灵魂。每当收工前看到被陶土覆盖一身的美林时,我便会开玩笑地说:"能完成今日的创作任务,你的皮鞋和裤子算是没有白白'牺牲'。"

"牺牲"

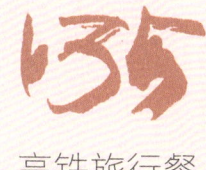

高铁旅行餐

  如今的中国高铁，在世界范围内，应该说是首屈一指。以前喜欢高空翱翔的美林，现在尤其喜欢脚踏实地，只要有高铁直达，必定坐高铁。高铁除了准点、舒适以外，还舒心。不过，坐高铁对咱们凌大厨来说，途中餐是一个挑战，因为长途高铁上必定会涉及一顿饭。这些年，凌大厨被我们也培养成了一个追求品质的有心人。2019年宜兴韩美林紫砂艺术馆开馆前夕，我们整个开馆团从北京坐高铁去宜兴，凌大厨专门为我们准备了"七个瓶子八个罐"——丰盛、色香味俱全的旅行餐，弄得整个车厢的旅客都向我们投来羡慕的目光。

| 141

红脸白脸驻颜有术

在员工面前，美林和我，通常一个红脸，一个白脸；对员工，他以宠为主，我以严著称。我们吃饭前，美林经常会审视一下菜，如果有年轻人喜欢的，他便迫不及待地想拿走。有一天，一大盘我还没来得及动手的小龙虾摆在面前，他高兴地说："媳妇儿，这盘小龙虾你不吃吧？那我给小妮儿们送去了哈。"说完，他端起小龙虾，顺便又抄起一盘饺子下楼了。紧接着，楼下小妮儿们兴高采烈地发来与小龙虾"会合"的照片。很多人问我："你老公怎么看起来像70后？"你想，在这样充满爱的环境中，能不"驻颜有术"吗？

不发脾气

随着美林事业的发展，我们的工作压力也越来越大，有时候我也会出现焦虑的状态。儿子买了一大堆可以解压的网红手机壳送给大家，我比较知趣地挑了一个"不发脾气"手机壳。刚装上，一个朋友打来电话，说了一件很不高兴的事，美林夺过电话也生气地谈了自己的观点。这下好了，"不发脾气"手机壳配上"发脾气"手机主人了。

胡杨

　　美林接受了一项国家任务后有了设计灵感,开始对胡杨树叶感兴趣。于是,他让我给克拉玛依市的领导打电话,让他们寄点胡杨叶来。但当时的季节,正好是树叶凋零之时,结果寄来一大堆小胡杨叶。美林很不满意,让我再打电话。周末时,克拉玛依市的领导亲自上山去胡杨产地找到了完美的胡杨树叶。这些胡杨叶寄到后,美林便率领着学生们每天捣鼓着这些树叶。那些日子,家里家外天天充斥着"千年不死,千年不倒,千年不朽"的胡杨精神。美林还将小的胡杨叶亲自签名盖章塑封后做成了书签,分发给员工,希望大家学习胡杨坚忍不拔、自强不息的品质。

师道

现在的家长尤其注重孩子的培养,周末时会有不少父母带着孩子来我们馆写生。六一儿童节那天傍晚,我去工作室路过中庭,看到一位家长正在专心致志地辅导孩子画画。我想,这都到了闭馆时间,怎么还没清场?谁还那么废寝忘食?定神一看,咳!这不是韩美林和他小儿子吗?

每年的母亲节，大儿子均会给我闪送过来九百九十九朵玫瑰。尽管我觉得这样的方式不怎么环保，也太拘泥于形式，但拒绝也怕伤了孩子的心。考虑到独自享受太过奢侈，于是，每当玫瑰来临，我都让"护花使者"直接将玫瑰抬到馆里，请做了母亲的员工们自取。大儿子的玫瑰是爱，天下所有孩子对母亲的心意都是爱，爱就应该分享。

爱的分享

春天，我喜欢带着儿子去公园里玩。他尤其喜欢蒲公英，将它拿在手里轻轻一吹，当蒲公英的小绒球随风飘散时，儿子的小脸便笑开了花。由此，想到我们小时候学过的一首童谣："小小一个蒲公英，把它拿在我手中，对它轻轻吹口气，飞出许多小伞兵，风啊风，请把伞兵送一送，送到我们乡村中，待到明年三四月，路边开满蒲公英。"当年唱着童谣的我如今又把它教给儿子，一辈又一辈，不变的是记忆的传递、爱的传递。

童谣

"微服私访"

    经过几年的努力，美林艺术终于与日本 Sanyo Shokai 联手，开发了品牌为 LOVELESS 的美林艺术元素的时尚服饰。日本方面官方宣称，韩美林是中国领先的艺术实践者和新领域的先驱，希望艺术与时尚合力创造出新的价值。2019 年 9 月，我与大儿子了然"微服私访"了位于东京银座的 Ginza Timeless 大楼和位于东京南青山时尚街 LOVELESS 旗舰店，目睹了美林艺术元素的 LOVELESS 潮牌服装连模特身上的样衣也被顾客穿走的可喜景象，真是由衷地欣喜。

很多中国家长养育孩子往往是拔苗助长,只怕输在"起跑线"上。哲学家周国平老师说,中国家长的焦虑是压在孩子心灵上最沉重的负担。孩子的未来,一半掌握在上帝手上,他会遭遇什么,对此你完全无法预测,只能祈愿老天保佑;另外一半掌握在他自己手上,他如何应对外在的遭遇,这取决于他的心态、素质和能力。在这方面,父母能够做的便是给他一些正确的教育,让他具备自己争取幸福的能力和自己承受苦难的勇气。有了这两条,就什么都不怕了。我们小儿子的幼儿园为了培育小朋友帮助同学、关爱他人的美德,每个星期都会评选出每周之星。一个周末,我带他去理发,儿子在理发店挂着的一些发型照片中选择了一种,理完发,儿子指着自己的大脑门告诉我:"妈妈,这就是'Star of the Week'。"

每周之星

艺术与科学

  大数学家丘成桐与夫人来访时,他们被美林的太极雕塑所吸引。当讲解员介绍说,这是韩美林将传统平面太极图与数学界最著名的莫比乌斯环结合而设计的,表达了阴阳无尽更替、艺术无尽头的理念时,时丘先生惊讶于艺术家竟然对数学理论有着如此独到的见解,更惊讶于数学理论竟然可以与中国传统文化结合,演变成如此美丽的艺术作品。

145

Enjoy

　　卢燕老师今年九十六岁了，三十多年来，我和她成了忘年交。可以说，我们不是母女胜似母女。但因为疫情，我们有快两年没见面了，有时候通电话我们会不自觉地哭起来，因为太想念了。卢燕老师的阳历生日与美林没差几天，因为美林不愿意过生日，每当我们想给美林过生日时总是以给卢燕老师过生日为由头，让他们两人一起过。我们每次见面，彼此有互赠礼物的习惯。有一次，卢燕老师送了我一瓶 Forever Joy 香水，她说希望它给我带来好运、好心情，有时候通电话时，卢燕会问我："建萍，你今天'enjoy'了吗？"

萝卜干节

　　北京离天津很近，天津朋友每年春节均会寄来天津大萝卜。每到开春，冬天没吃完的萝卜，家里阿姨都会将它们切了穿起来，拿到房顶上去晒干，做成萝卜干。这个时候，家中老小对这件颇有仪式感的事很感兴趣，就如同过节一般。比如，小儿子将穿起来的萝卜挂在脖子上当项链；美林一时兴起会在萝卜上画个小人——这不失为勤俭治家之举，也让大家都感受到了家的温暖，我们会选定其中一天作为萝卜干节。

斗牛

美林的心里始终住着一个大男孩,他在为"西班牙当代毕加索"胡安·里波列斯的新书撰写的序言中写道:"我们俩在成长上、艺术上、性格上、爱好上一致。一个在西方,一个在东方,两个年龄不小的艺术大男孩,再来几次挑战,为世界再添加几多美好,还成问题吗? 胡安·里波列斯大声回应说:'韩美林,咱们两个最好到西班牙去斗牛,那里的斗牛场是天下最大的!'我说:'成交!'"

Trojans

大儿子了然本科是在南加利福尼亚大学（University of Southern California）读的，他一直为母校自豪。每次去那所学校，我们都会去雕塑特洛伊（Trojan）前拍照，南加州大学学子有个可爱的昵称"Trojans"，学校许多组织都冠以"USC Trojans"的名字，这个传统据说源自1912年。百年来，这所学校培养了很多Trojians，作为其中一个Trojian的母亲，我也觉得很荣耀。

见证

我认识美林时大闺女小草年届十八，正在加拿大上大学。小草有两个景山学校的同学，一个叫张鑫炎，一个叫翟音音，现在说来叫闺密。记得我和美林结婚的前一天，为了参加韩叔叔第二天的画展开幕式，张鑫炎和翟音音双双住在我们家。早上起来，我这个新娘自己来不及收拾，先忙着给三个闺女梳妆打扮，小草还穿上了我从杭州带来的颇具民族风格的衣服。于是，我们几个抱着我们家的"少爷"——小狗锅饼去了王府井家附近的中国美术馆。在朋友和孩子们的见证下，我和美林结婚了。

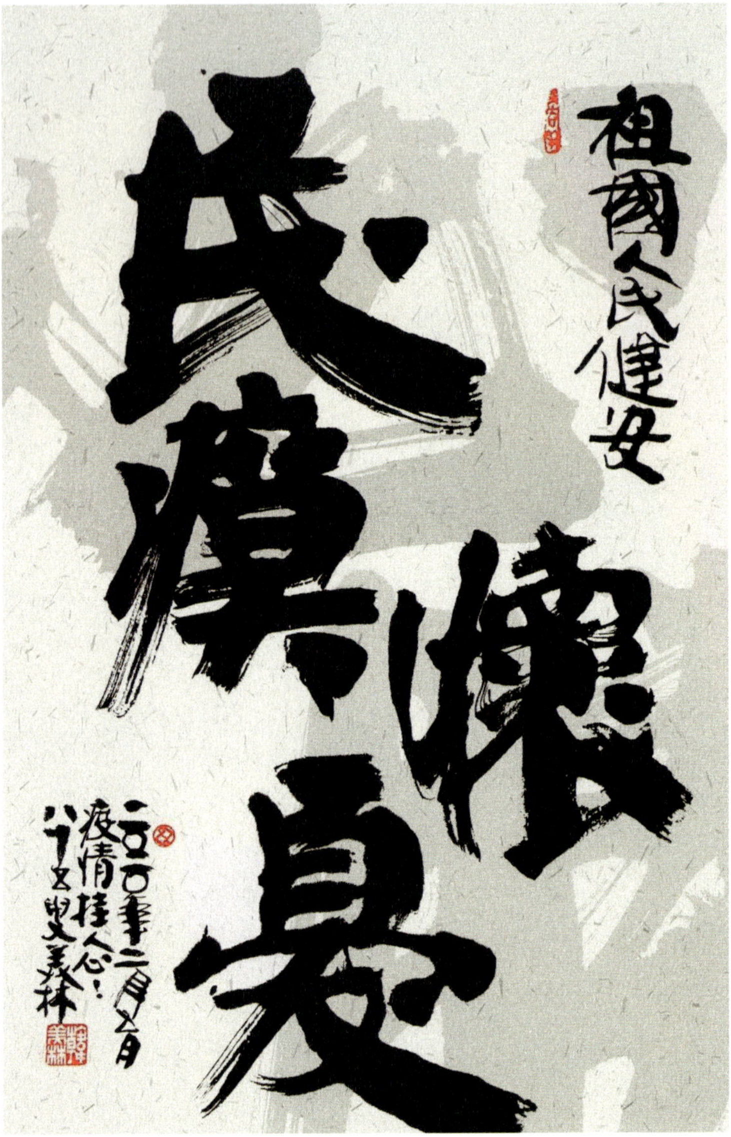

民瘼怀忧

2020年春节,我们从泰国巡展回来,国内新冠肺炎疫情已经暴发。国难当头匹夫有责,疫情的变化时刻牵动着美林的心。这一日,美林欣然写下书法作品《民瘼怀忧》。题跋:"祖国人民健安。二〇二〇年二月五日疫情挂人心,八十五叟美林。"钤印:"大吉祥""大吉""寿"。"民瘼怀忧"这四个字出自宋代诗词名家曹冠的作品《浪淘沙·述怀》中的"清介百无求,民瘼怀忧"。

十二年来，见证了北京韩美林艺术馆成长的导视部部长关心，去年春节跟随我们远赴曼谷举行了韩美林全球巡展——"美林的世界在曼谷·韩美林生肖艺术大展"开幕仪式。回国后，全国新冠肺炎疫情暴发，很多员工春节期间回了老家后不能立即回京，关心则临危受命，留在家里担当起秘书、导演、摄像等工作。我们相互鼓励、抱团取暖，并为关心过了人生中又一个生日。令我感动的是，看到了她的妈妈从老家寄来的生日礼物——那是关心人生（十二岁）第一笔稿费的汇款单和人生第一篇发表在刊物上的文章。这应该是我所见到的最励志的生日礼物了！

生日礼物

神仙眷侣

  作为电影人，20 世纪 90 年代我便认识了张毅、杨惠珊夫妇。他们合作的电影《玉卿嫂》在那个年代如教科书般地激励着无数电影人，他俩的爱情故事堪称当代才子佳人之典范。为了追求超凡脱俗的人生境界，他俩选择在巅峰时期息影，重起炉灶跨界从事琉璃事业——将"琉璃工坊"做得风生水起。惠珊的每一件作品，其先生张毅都会配上一首诗，夫妇二人举案齐眉，真可谓神仙眷侣。

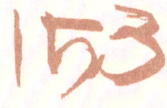

劳模

员工们都认为在韩老师身边工作是一件幸福的事。2020年春节，新冠肺炎疫情席卷而来，员工们响应政府号召就地过年，美林写了二百多幅书法《康祥》送给大家；2021年春节，新冠肺炎疫情又有所抬头，仍然就地过年，美林写了无数《福》字送给员工。真可谓劳模！

车模

  美林愿意尝试新事物，敢于跨界合作。2020年年底，一汽·大众奥迪携手艺术大师美林倾情打造了奥迪 A8L 艺术车。具有独特美感且张力十足的奥迪 A8L 艺术车，不仅是艺术与科技的有机融合，同时也是传承与创新的热烈碰撞。该车首发后，开启了在北京韩美林艺术馆和杭州韩美林艺术馆的巡展，美林欣然做了一回"车模"。

我的恐龙呢

小儿子一大早起来跳上爸爸的画桌开始自己选颜色,并让爸爸的学生给他铺纸。几笔挥毫下来,一幅山水画跃然纸上。这一幕,看得画家爸爸目瞪口呆,赶紧给儿子"作品"题跋:"二〇二年十二月二十七,早上儿子大叫'我要画鸡',结果怎成了山水画?!在场看儿子大战的有德宽、金鑫、五科、张阿姨,大家鼓掌。儿子淡定大叫:'我的恐龙呢!'但是他画的是什么? 忘了!"

小目标

　　去年 12 月 31 日,在深圳关山月美术馆的韩美林艺术大展上一位观众留言说:"有人说,免费看一场自己受益的展览等于赚了一个亿,今天我便在此赚了一个亿。韩老师能创作出如此多的作品,真的是不可思议! 2020 年最后一日我来到这里,我赚啦!"看,一个亿就是个小目标,实现这个小目标也不难!

网络红包

春节期间，因为疫情我们哪儿也去不了，于是只能窝在家里上网课。美林路过我书房，看到电脑里的外教老师 Tea，突然想起了什么，马上出去拿来了一个红包，对着电脑当即写上了 Tea 的名字，并说："哎呀！今年我差点漏了一个，隔着网络发个红包吧！"

双手连心

　　大年三十，为了缓解家长们见不到自己孩子的思念之情，美林和我将就地过年的员工们都请到了家里一起过年。当时我们将家里的桌子全都搬出来拼在一起，凌大厨做了很多美味。按照美林的要求，大家必须吃得"两眼上翻，四脚朝天"。我们用视频向家长们拜年后，然后出去放了电子烟花。回来后，我们发现美林给两个秘书手背上各画了一颗心，说是旧历年最后一份礼物。两位秘书说："这一年都不用洗手了。"

送你一朵小红花

因为疫情，2021年的年终总结表彰大会我们在线上举行，与会者们都戴上一朵小红花以部门为单位在各自办公室参会。美林和我自然也戴上了小红花，该灵感来自最近很火的一部由易烊千玺主演的电影《送你一朵小红花》。2020年大家实属不易，那就奖励不易的自己一朵小红花吧。

感恩

去年的感恩节,馆里办了个很有意义的活动——以"感谢你成为我的家人"为主题写一封信,我也不例外。我在感恩信中写道:"这是我在这个'谈笑有鸿儒,往来无白丁'的家里度过的第二十个感恩节。这二十年来,我在家庭和事业的平衡木上行走,行走五年是一种习惯,那么行走了二十年,一定是一种信仰。感谢信仰,让我们创造了今日的辉煌和明日的不可复制;感谢我生命中出现的几个男人——我的父亲、我的丈夫和我的儿子;感谢我生命中出现的女性,我的大家闺秀的妈妈以及韩美林艺术馆中众多的闺女。我爱你们直到生命的尽头! 2020年感恩节。"

发红包

  每年大年初一，我们家都会迎来一些拜年的人，我会提前准备诸多红包交给美林，这是美林最期待的，他此生最大的爱好之一便是发红包。我俩分工明确，线上红包归我，线下归他。红包发到每个人手里，馆里的小姐姐们大年初一就纷纷回赠礼物给天予弟弟，居然是用天予平时喜欢吃的海苔做的创意小书包，这简直太暖心了！

霸王龙

此生，我最大的遗憾是没有一个闺女，不过作为山东汉子的美林，似乎更喜欢儿子。美林经常自鸣得意地跟我说："我是一个挺称职的好爸爸，每天拿出大部分时间来陪伴儿子，也没耽误自己的创作，"然后他话锋一转又说，"我更要感谢我的儿子，是他给了我创作的动力。"每当看到父子俩饭后嬉戏时，我们家便充满了欢声笑语。儿子是恐龙迷，所有恐龙的名字都铭记于心，尤其喜欢霸王龙。有个周末，原本爸爸答应儿子去商场，但因为家里来了客人，没去成。于是，爸爸对儿子说："儿子，爸爸给你画幅画吧，你想画什么？"儿子说："那就画霸王龙吧！"此生从未画过霸王龙的爸爸立马完成了儿子的心愿，同时弥补了自己的内疚。

163

吊桥相会

  美林关门弟子李玉刚与美林亲如父子，他经常来看望师父。师父创作时，他在一旁观摩；师父生病时，他细心陪伴。玉刚自己也很努力，经常研习修炼。去年疫情期间，师徒彼此不能见面，因为思念，玉刚戴着口罩便来了，他说不进家门，与师父保持一米距离，在家门外吊桥上相会。师徒俩以这样的方式交流，将被载入家庭史册。

永生花

  我们南方人，没事爱捣鼓家，哪个地方放个合适的小摆件啥的是我们的乐趣。洗手间对我们来说自然是"重镇"，以前我们经常在洗手间放鲜花，但后来发现鲜花容易凋零，而且经常更换也不够环保。于是，我找出以前在国外买回来的装饰配件给了心灵手巧的员工，她们居然别出心裁地做出了永生花，摆了几年了也没过时。家里来的客人经常问我："这么好看的装饰物是从哪儿买的？"

驻展小分队

美林的各种国内外巡展我们均会安排驻展人员，四馆轮番上阵，驻展小分队会组织观众和学生在展览现场开展丰富多彩的美育活动。新年的第一天，深圳关山月美术馆迎来了韩美林艺术展驻展第二小分队策划的首场社会大课堂活动——年年有鱼。小朋友们拿着自己做的小作品说："这是新年送给爸爸妈妈的最好的礼物。"这些年下来，在美林国内外的展览上都能看见驻展小分队的身影。

2020年春节,韩美林全球巡展第六站"泰国欢乐春节——韩美林生肖艺术展"在曼谷举行。尽管当时新冠肺炎疫情已经开始在全球肆虐,韩美林还是遵守诺言赴曼谷参加了展览开幕式。泰国旅游局为了表达感激之情,特意为我挑选了一件当地的礼物——一个别致的"饭桶"包。在我心中,这个礼物异常珍贵,远胜爱马仕,这是两国友谊与信义的象征。

泰国"饭桶"包

心思

　　美林对馆里每个人都很好,所以大家也都愿意为他花心思。美林最不愿意过生日,因当年在安徽淮南监狱里服刑期间,就在美林生日那天,看守所押他出去陪绑了一次假枪毙。所以每到生日这一天,美林总是想起那个不堪回首的血腥夜晚。了解了美林这个心结,我们总是变着法找个由头给美林庆生,比如,去年12月26日,馆里举行了一个韩美林深圳巡展的韩家军出征仪式,既欢送了翌日奔赴一线的员工,也顺便给美林过了生日。

偷窥

美林最关心的事莫过于每座馆的发展,自北馆三期立项后,感觉工作一直没有进展。三期的规划是在北馆一墙之隔的空地上,这一道墙就把三期那边的情况全都挡住了。有一天,美林终于忍不住了,跟着年轻人爬上围墙"偷窥"三期建设情况,正巧被从外面回来的我看到。我当时真有点哭笑不得,这个大男孩!我赶紧拿起手机拍下了这张照片。

吃"化肥"长大的

在北京韩美林艺术馆十二岁生日之际,因为疫情,"躲进小楼成一统"的我们也没敢懈怠每年的招聘工作。老子说:"祸兮福所倚,福兮祸所伏。"没想到这一年,应聘者素质出奇好,可以说,创历史新高。除了逐年提升的韩美林艺术馆自身的影响力外,显然,疫情的确影响了一大批优秀人才的就业选择。对于我们这种国家全额拨款的单位来说,的确捡了个漏儿。本次应聘者中学历、素养、气质、容颜、身高俱佳的95后、96后、97后、98后不计其数,英语专八的也有不少。韩美林问我:"这些孩子个子都那么高,全都是吃'化肥'长大的吗?"

相见恨晚

我和美林是在浙江上虞认识的。那时候美林在上虞做雕塑,谢晋导演介绍我们认识,所以上虞对于我和美林是个特殊的地方。有一天,浙江上虞的一位朋友送来了一些我三十年前的照片,美林拿起其中一张说:"哟!没想到我媳妇儿那个时候就穿岩画图案的衣服啊?那咱们还真是相见恨晚哪。"

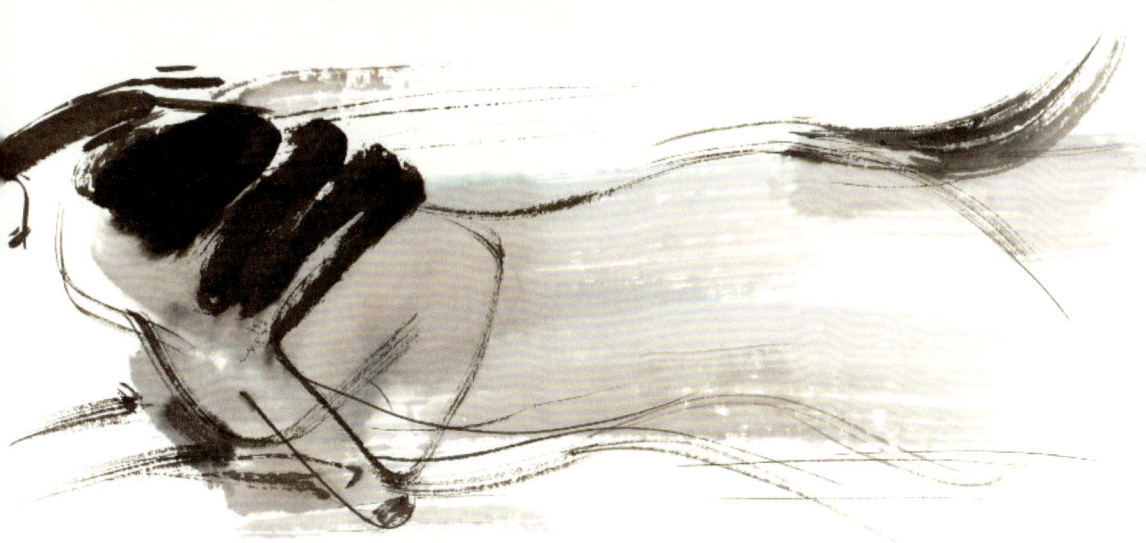

飘逸

美林的艺术风格多变，时而古朴，时而厚重，时而空灵，时而婉约……这是一般艺术家难以做到的，艺本天成，妙手偶得，他的创作灵感迸发时的一些神来之笔，往往连自己都惊讶。疫情也没耽误美林创作。有一天，美林来了灵感，创作了许多以马为题材的作品，但其中一幅马，我看了以后大吃一惊，这是我此生所见最为飘逸的马。

宜兴情缘

美林和宜兴有着四十余年的情缘，为在宜兴文化地标中建立宜兴韩美林紫砂艺术馆，美林纠结了整整六年！总觉得全国有南、北、西三座韩美林艺术馆已经足够了，但终究还是抵御不了宜兴人民的盛情，抵御不了这块神奇土地与自己四十余年的情感，我们终于决定在全国开创"3+1"模式，即三座韩美林艺术馆＋一座专题馆（紫砂馆）。如今梦想成真，还记得开馆前夕，美林与宜兴紫砂界金字塔尖的人物齐聚一堂，畅叙友情。得知这些年宜兴紫砂价值高涨，美林对宜兴新朋老友们说："钱是没有表情和心情的东西，友谊才是最具生命力并可以发声的无价之宝。所以，我把作品都捐给了国家。"

三份工资

美林的朋友都是高人，基金会理事白岩松不但包揽了美林重大活动的主持，更是经常到艺术馆来指导各种工作。在北馆新人入职时，白岩松对他们说的一席话让大家非常感慨："你们寻找到的这份工作，仅用'工作'二字是无法诠释的，因为这里是少有能把工作、生活、审美结合在一起的地方。在这里，每个人的工作回报是由三份'工资'构成的，即物质工资、情感工资和信仰工资，你们在很多地方都可以学习艺术史，但在韩美林身边，你们会成为艺术史的一部分。"

守艺人

抱着对美食寻寻觅觅的情愫，我们经常带着凌大厨到全国乃至世界各地去探究美食。有一次，我带着凌大厨慕名来到了上海本帮菜必吃榜第一名的 Homes 饭店，拜访了从厨二十八年的私房菜的创始人、Homes 老板王炬明。王老板说，这辈子给自己定的目标就是做一个本帮菜的"守艺人"，要守护本帮菜的手艺传承，他要求自己的徒弟红烧肉要烧满三吨才能学下一道菜，并说做餐饮一定要大器晚成。

记忆超人

  美林的记忆力超人,身边的人都领教过,他基本属于过目不忘的人。比如,他去泰州考察雕塑场地,在半山腰上看到一个垃圾桶,垃圾桶边上有一张怎样的废纸他都记得;再比如,他为了让秘书在杭州的家里找一本书,可以画一整张方位图,从书房门进入到书桌,这本书周围有什么样的东西,有什么样的书,美林均画得清清楚楚,秘书按图不费吹灰之力便能找到目标。

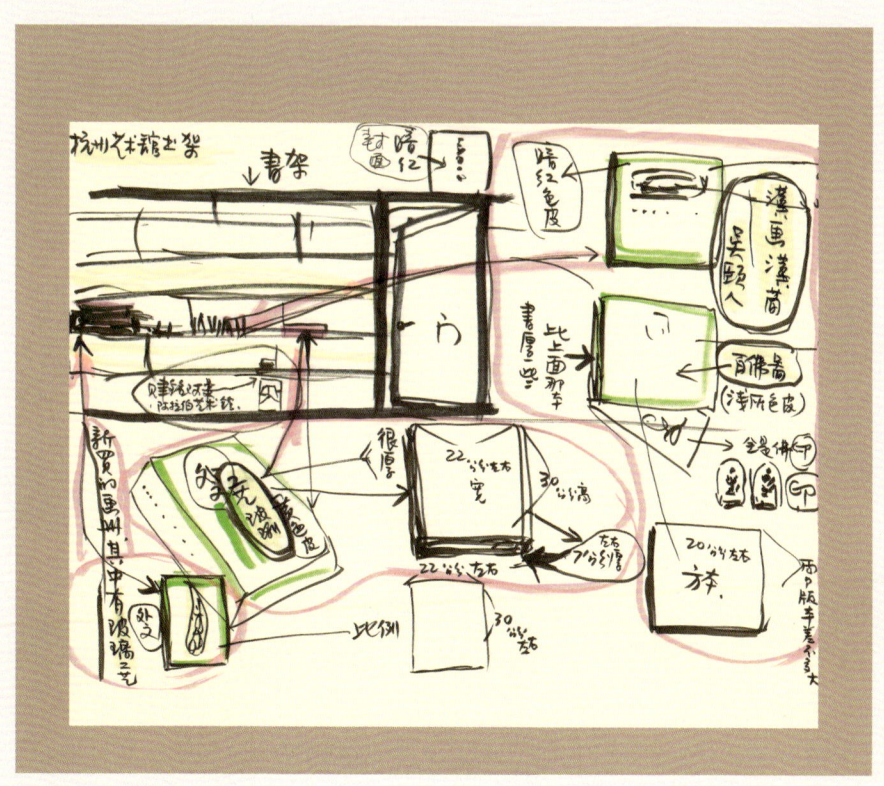

八十岁的歌

为了考察三江源雕塑场地，我们一行从西宁飞到青海玉树，之后马不停蹄地从玉树驱车至青海海拔最高之地——玛多。到了玛多感到严重缺氧时，我才明白了一个道理：人的潜能是需要激发的，到高原挑战一下自我极限是需要的，因为只有这样，才能把我们的免疫系统和自身的保护系统激发出来。为了克服高反，我们凭借着氧气努力保持着身体的平衡，但到了晚上玛多停电时，没有了氧气支持的我们还是感觉到了无助。此时，美林的学生赵金鑫给我送来了一根全招待所唯一的蜡烛。为了节约能源，我断然吹灭了蜡烛，打开手机，反复放着陈小熊的《八十岁的歌》，它将我带入了一个美好宁静的世界。

北京韩美林艺术馆
BEIJING
HAN MEILIN ART MUSEUM

银川韩美林艺术馆
YINCHUAN
HAN MEILIN ART MUSEUM

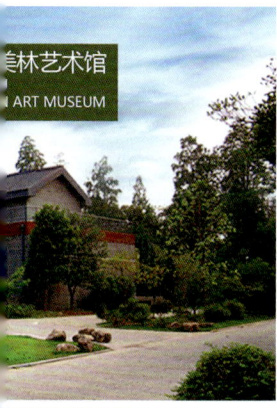

定位

　　为了配合美林的全球巡展，韩美林艺术基金会全面启动了四馆形象宣传片项目。导演王志浩决定四地艺术馆分别选定四种形象来引入，以杭州馆的江南女子、北京馆的留学生和银川馆的背包客作为代言人来切入整部宣传片。之后，随着宜兴韩美林紫砂艺术馆的诞生，导演考虑以穿越来表现紫砂的神韵。美林听了这个想法以后说："东馆，柔美；南馆，古朴；西馆，粗犷；北馆，国际。好！定位准确。"

二进"宫"

2019年1月5日,美林在故宫文华殿举行了首次"韩美林生肖艺术展",这是美林首次进"宫"。记得美林在开幕式上说:"我的'艺术大篷车'之路,绕了古老的文化,绕了中华大地,还绕到了非洲、美洲,绕了四十多年,今天又绕回了家,绕进了故宫。故宫是中华文化的一个最大的家,我的生肖艺术大展将在故宫与大伙儿一块儿过大年。"2021年12月21日,美林将二度进"宫",在故宫的午门和西燕翅楼举行"韩美林天书艺术故宫展"。这是故宫给"天书"的一次机会,故宫博物院王旭东院长说,故宫原本便是一部读不完的"天书",届时两部"天书"的碰撞,必将诠释出中华文明的生命联系。

让爱住我家

　　岁月如梭，2021年12月31日是我和美林结婚二十周年纪念日，虽然是瓷婚，但我们这二十年的日子过得还算瓷实。二十年来，我们做了很多常人无法想象的事，比如在全国建了四座韩美林艺术馆，规划了韩美林全球巡展的宏伟蓝图。尽管我们的小儿子比我们预期晚了十五年才到来，但他毕竟还是来了。为了纪念我们结婚二十周年，秘书们建议我们全家去李玉刚工作室录首歌，唱一首《让爱住我家》。对于从没有进录音棚的我们来说，的确有点忐忑，但我们小儿子天予一点不怯场，他带头唱了起来："我爱我的家，弟弟爸爸妈妈，爱是不吵架，常常陪我玩耍……"紧接着哥哥了然和姐姐小草也唱了起来，我们自然也就开嗓了：

　　我爱我的家　儿子女儿我亲爱的她

　　爱就是珍惜　时光和年华

　　让爱天天住你家　让爱天天住我家

　　……

　　不分日夜秋冬春夏　全心全意爱我们的家

　　……

图书在版编目（CIP）数据

关门夫妻 / 周建萍著. -- 北京：华文出版社，2022.2
ISBN 978-7-5075-5520-2

Ⅰ.①关… Ⅱ.①周… Ⅲ.①散文集—中国—当代 Ⅳ.①I267

中国版本图书馆 CIP 数据核字 (2021) 第 247351 号

关门夫妻

作　　者：周建萍
责任编辑：方昊飞
特约编辑：常　静
书籍装帧：赵　洁
摄　　影：李天宇　吴　琼
出版发行：华文出版社
地　　址：北京市西城区广外大街 305 号 8 区 2 号楼
邮政编码：100055
网　　址：http://www.hwcbs.com.cn
电　　话：编辑部 010-58336265　发行部 010-58336202
　　　　　总编室 010-58336239
经　　销：新华书店
印　　刷：北京雅昌艺术印刷有限公司
开　　本：787mm×1092mm　1/16
印　　张：25.25
字　　数：176 千字
版　　次：2022 年 2 月第 1 版
印　　次：2022 年 2 月第 1 次印刷
标准书号：ISBN 978-7-5075-5520-2
定　　价：88.00 元

版权所有，侵权必究